"Je pourrais vous dire bien d'autres choses encore..."

Joe lui avait fait cet aveu le plus naturellement du monde.

Bianca fixa résolument son assiette, gênée par cette franchise. "Je ne comprends pas très bien..."

"Vous me donnez l'impression d'avoir de grandes qualités, mais peu d'expérience..." commenta-t-il.

"Avez-vous déjà vu ce tee-shirt américain arborant un crapaud qui tire la langue, avec cette phrase : 'Avant de rencontrer le Prince Charmant, il faut embrasser toutes sortes de crapauds.'?"

Joe éclata de rire. "Dois-je comprendre que vous me classez dans la catégorie des batraciens?"

"Je n'en sais rien. Vous êtes peut-être un Prince Charmant..."

Dans Collection Harlequin

Anne Weale

est l'auteur de

Dans Harlequin Romantique

Anne Weale

est l'auteur de

UNE FLAMME DANS TES YEUX

Anne Weale

Collection ◆ Harlequin

PARIS · MONTREAL · NEW YORK · TORONTO

Publié en novembre 1983

ISBN 0-373-49366-5

Dépôt légal 4e trimestre 1983
Bibliothèque nationale du Québec et Bibliothèque nationale
du Canada.

Imprimé au Québec, Canada—Printed in Canada

1

Quand Bianca le vit pour la première fois, il était seul à une table, chez *El Delfin*. Il dégustait une salade tout en lisant un livre de poche. Elle n'avait plus éprouvé cette étrange sensation, provoquée par une irrésistible attirance physique, depuis bien longtemps... depuis plus de deux ans, pour être précis, lorsqu'elle avait rencontré Michael Leigh pour la première fois.

Michael... blond aux yeux clairs, typiquement anglais. L'inconnu, de l'autre côté de la salle du restaurant, avait les cheveux noirs, le teint cuivré. Un Espagnol? Non... Impossible. En général, les jeunes filles du nord de l'Europe trouvaient peu séduisants les hommes de la Costa Blanca, seule région de l'Espagne qu'elle pouvait se vanter de connaître. Ils étaient plutôt petits, trapus, et, passé vingt ans, légèrement enclins à l'embonpoint. A en juger par sa carrure, celui-ci devait mesurer au moins un mètre quatre-vingt-cinq...

— Par quoi commençons-nous, Bianca? s'enquit Peter Lincoln, avec qui elle dînait. Une soupe, ou bien une salade spéciale?

Bianca accorda de nouveau toute son attention à la carte.

— Je vais prendre une salade, s'il vous plaît.

A quarante-cinq ans, Peter était de plus de vingt ans son aîné. Malgré quelques mèches grisonnantes, il avait su garder la ligne grâce aux exercices qu'il s'imposait chaque jour : natation et jardinage.

Aux yeux d'une femme de sa génération, il demeurait sans doute très attirant... Veuf, fortuné, propriétaire d'une luxueuse villa accrochée au flanc de la colline et d'un yacht, il était la cible rêvée de toutes les veuves et des femmes divorcées vivant dans cette petite communauté d'expatriés.

Pour Bianca, il était seulement un ami. Un homme malheureux, qui, souffrant de la solitude, l'avait soulagée de sa propre tristesse en lui inoculant sa passion pour l'entretien des plantes méditerranéennes. Elle avait souvent songé au couple merveilleux qu'il aurait pu former avec sa mère.

Cependant, la mère de Bianca était décédée et, même si elle n'avait pas souffert d'une longue maladie avant sa mort, elle ne serait jamais devenue la seconde Mme Peter Lincoln. Car, devant la loi, elle était l'épouse de Ben Hollis, le beau-père dissolu de la jeune fille.

Tout en savourant l'énorme *ensalada* composée d'asperges et d'olives noires, elle s'efforça d'empêcher son regard de s'attarder sur le bel inconnu. Depuis qu'elle avait rompu avec Michael, dans la douleur et les désillusions amères, elle ne laissait aucune place aux hommes dans sa vie. En vérité, en dehors de ses rares sorties avec Peter, elle ne s'amusait guère. Aussi était-elle à la fois surprise et irritée de se découvrir soudain très sensible à une présence masculine...

Non, décidément, plus elle y pensait, moins elle le croyait Espagnol : il était encore très tôt pour le repas du soir. La plupart des étrangers venus s'installer dans ce pays après leur retraite, continuaient de vivre à leur rythme ; ils se levaient, mangeaient et se couchaient aux mêmes heures que dans leur patrie d'origine. Les plus jeunes, ceux qui étaient nantis d'un permis de travail, étaient obligés de s'adapter aux horaires espagnols et, le soir, envahissaient les restaurants au moment où les autres, plus âgés, rentraient chez eux se coucher.

Peut-être vivait-il dans l'un des innombrables bateaux amarrés le long du quai, dans l'ancien port de pêcheurs, devenu maintenant un lieu touristique tout au long de l'année ?

Contre toute attente, alors qu'ils entamaient leur plat principal, Peter lui offrit une occasion inespérée d'observer sans se cacher le bel inconnu :

— Tiens ! C'est l'homme que j'ai rencontré au port, l'autre jour. Un personnage !

— Ah, vraiment ? Pourquoi ? s'enquit-elle.

— Il a l'air redoutable, vous ne trouvez pas ? Il l'est, d'ailleurs. Jusqu'à il y a deux ans, il appartenait à la Légion étrangère d'Espagne... l'un des très rares Anglais à y servir, je suppose.

— Je ne savais pas que l'Espagne avait une Légion étrangère.

— Moi non plus, mais, apparemment, c'est la cas ; et, comme en France si j'ai bien compris, c'est un refuge pour un certain nombre de bandits. Joe... Je ne connais pas son nom de famille... ne s'est pas inscrit pour cette raison. Il s'est engagé tout de suite après avoir achevé ses études. Ses grands-parents vivent dans le sud de l'Espagne, et, ayant passé toutes ses vacances avec eux, il a suffisamment appris la langue pour suivre son entraînement sans problèmes. Il a probablement fallu à ce garçon un grand courage pour se porter volontaire dans une armée étrangère dès l'âge de dix-huit ans, surtout dans la Légion. J'aimerais beaucoup que Mark ait cette témérité et cette force.

Mark, elle ne l'ignorait pas, était le désespoir de Peter : c'était son plus jeune fils, et il avait grandi avec la conviction qu'il est inutile de se fatiguer à travailler quand on a un père assez riche pour entretenir sa paresse.

— Comment avez-vous engagé la conversation avec lui ? lui demanda Bianca, en détaillant le rude profil de l'inconnu.

Que lisait-il ? Il semblait passionné par son roman, car il n'était jamais distrait par les clients qui le heurtaient par mégarde en passant devant sa table...

— Son yacht est amarré à côté de la *Sheila,* expliqua Peter, faisant allusion à son bateau personnel, baptisé ainsi en hommage à son épouse défunte.

— Il a l'intention de rester longtemps ?

— Je l'ignore, il ne l'a pas précisé. Si cela vous amuse de le rencontrer, je peux l'inviter à se joindre à nous pour le café.

— Oh, non, non... surtout pas, balbutia-t-elle. Enfin... sauf si vous avez envie de discuter avec lui, bien sûr...

— Oh ! Je me contenterais volontiers de votre seule compagnie, répliqua-t-il avec un sourire. Cependant, vous auriez intérêt à élargir votre cercle d'amis, et à connaître des jeunes gens de votre âge, pour changer. J'irai le saluer quand nous aurons pris notre dessert.

Malheureusement, ce projet ne put être mis à exécution, car, après avoir terminé son plat de viande, au lieu de commander la suite, le dénommé Joe referma son livre et se leva.

Debout, il était encore plus grand que Bianca ne l'avait supposé. Un couplet de *La Chica de Ipanema*, une chanson sud-américaine, lui revint à la mémoire. Sa demi-sœur en possédait une version anglaise, chantée par une femme : *Grand et bronzé, et beau et jeune, le garçon d'Ipanema...*

Pourtant l'inconnu qui lui rappelait ces lignes n'était pas à proprement parler beau, et, s'il était encore jeune, il n'avait plus rien d'un « garçon »...

Allait-il payer et s'en aller ? Ou bien préférerait-il se rendre au bar boire un café, suivi de son digestif préféré... Il avait arrosé son dîner d'une bouteille...

d'eau minérale. Quelle sobriété, pour un ancien légionnaire ! Il allait certainement se rattraper maintenant avec un alcool fort !

A son grand étonnement, il ne fit ni l'un ni l'autre. Il se dirigea directement vers le piano, à quelques mètres de sa table, et posa son livre dessus. Puis il s'assit, et se mit à jouer.

Bianca savait que, de l'autre côté du bar, il existait une discothèque sombre et enfumée, où, les samedis et les dimanches on pouvait danser au son d'un orchestre pop ou de bandes enregistrées. Cependant, les rares fois où Peter l'avait amenée ici, elle n'avait jamais entendu de musique d'ambiance dans la salle de restaurant.

— Que pensez-vous de mon pianiste ? s'enquit le patron de l'établissement, un Hollandais, lorsqu'il vint leur souhaiter une bonne soirée, dix minutes plus tard.

Peter Lincoln était un habitué de la maison, il y venait trois ou quatre fois par semaine depuis la disparition de sa femme. Bianca l'aurait volontiers invité à dîner avec sa famille, à la *Casa Mimosa*, mais il ne supportait pas son père adoptif, Ben Hollis. Sheila Lincoln et l'une de ses amies avaient été tuées dans un accident de voiture provoqué par un ivrogne, en revenant d'Alicante, la ville la plus proche. Ben ne conduisait pas, mais il buvait, ce n'était un secret pour personne, et Peter le détestait. Selon lui, Bianca commettait la pire des sottises en se dévouant à son beau-père. Il lui avait conseillé à plusieurs reprises de rentrer en Angleterre pour y reprendre sa carrière et sa vie sociale. Il n'était pas au courant de sa rupture sentimentale.

— Excellent ! s'exclama Peter, en réponse à la question du Hollandais. J'aime la musique de fond, du moment qu'elle ne m'empêche pas de bavarder.

— Vous l'avez engagé pour tout l'été ? intervint Bianca.

— Non, je n'arrive pas à le convaincre de signer un contrat pour une période définie. Pourtant, il compte rester un certain temps, m'a-t-il assuré. A mon avis, il est du genre bohème. Il déteste se sentir lié... Ces mélodies conviennent parfaitement à nos clients, pour l'instant. Plus tard dans la soirée, il ira dans la discothèque ; il est très doué pour le jazz. Vous devriez venir l'écouter.

— Je me lève tôt, s'excusa Peter avec un hochement de tête négatif. A onze heures, je suis prêt à me coucher.

— Moi, c'est tout le contraire ! rétorqua le patron. Je me mets au lit aux petites heures du matin, et je ne suis jamais debout avant midi. Vous vivez plus sainement, c'est certain, ajouta-t-il avec un sourire penaud.

Il lança un dernier regard plein de curiosité à Bianca, avant de les quitter pour saluer d'autres personnes à une table voisine. Il savait peut-être qu'elle était la fille adoptive d'un artiste-peintre anglais, qui passait plus de temps à boire qu'à dessiner. Sans doute se demandait-il quelle était la nature de ses relations avec Peter Lincoln. Plus d'une fois, en dînant avec lui, elle avait eu conscience de murmures discrets à leur sujet. Les membres les plus âgés de la communauté avaient pour unique occupation les commérages et la diffusion de rumeurs scandaleuses. Il était stupide d'en prendre ombrage, pourtant elle ne pouvait s'empêcher de ressentir une certaine colère lorsqu'on la qualifiait de « petite amie » de Peter Lincoln, alors qu'elle ne l'était pas...

Au sens moderne de ce terme, elle n'avait jamais été la « petite amie » de qui que ce soit... même pas de Michael. Parfois, elle s'interrogeait : était-ce à cause de cela qu'elle l'avait perdu ? Au début, quand il lui avait écrit pour lui annoncer qu'il avait rencontré une autre femme, elle avait amèrement regretté de n'avoir jamais succombé. Plus tard, après avoir longuement réfléchi, après avoir compris qu'elle ne l'avait jamais vraiment aimé, elle avait été rassurée, heureuse d'avoir su s'en tenir à ses principes. Même s'ils pouvaient paraître démodés, de nos jours...

Elle vit un vieux monsieur se lever, et s'approcher du pianiste pour lui chuchoter quelques mots à l'oreille. Le dénommé Joe acquiesça d'un mouvement de tête, puis, après avoir plaqué le dernier accord de la chanson qu'il était en train de jouer, il commença *Combien de fois devrai-je te dire que je t'aime*. Bianca posa son regard sur celui qui avait formulé cette requête : il tenait la main de son épouse et lui souriait. Peut-être fêtaient-ils leur anniversaire de mariage ? Le cinquantième, au moins, pensa-t-elle ; pourtant, ils se comportaient comme de jeunes amoureux.

Voilà ce qu'elle voulait... L'amour qui dure une vie entière, pas celui qui se dissipe au bout de six mois !

De nouveau, elle contempla le pianiste, dont les cheveux noirs prenaient d'étranges reflets à la lueur tamisée de la lampe. Ses yeux étaient-ils foncés, eux aussi ? Elle ne l'avait pas encore regardé de près...

— Je vous prie de m'excuser un instant, dit-elle subitement à Peter.

De sa démarche gracieuse, elle se dirigea vers les lavabos. Il n'y avait personne dans la pièce, et elle s'assit sur un tabouret devant l'une des quatre glaces ovales. L'image que lui renvoyait le miroir était celle d'une jeune fille élancée, aux cheveux châtains légèrement décolorés par le soleil, aux grands yeux gris et sérieux. Elle n'avait pas hérité de la beauté de sa mère, elle n'avait pas l'allure insolente de pin up de sa demi-sœur, Lucy. Cependant, jamais Bianca ne s'était trouvée à plaindre. Elle se contentait de mettre en valeur ses qualités : une jolie peau, des dents très blanches, une nuque fragile, une voix posée, agréable à l'oreille. Ses défauts, elle les acceptait avec philosophie...

Heureusement, sa mère lui avait légué ses prunelles bleu-gris... et le don inimitable de s'habiller avec goût, sans extravagance. Après avoir passé un peigne dans ses cheveux, et remis un peu de rouge à lèvres, elle se leva, le cœur serré. Vu de près, l'ancien légionnaire la décevrait-il? Des yeux minuscules, trop rapprochés? Une bouche molle? Et lui? Comment réagirait-il? Comment la trouverait-il? Elle n'était peut-être pas du tout son genre... Il était grand, imposant, il préférait peut-être les femmes aux formes voluptueuses...

Lorsqu'elle revint dans la salle du restaurant, il fixait le clavier, et elle ne put rencontrer son regard avant d'être juste devant lui. Noisette... Presque doré, contrastant avec son teint cuivré.

— V... Voulez-vous jouer quelque chose pour moi?

— Avec plaisir... si je connais le morceau...

Sa voix s'harmonisait à merveille avec son physique: grave, veloutée, ténébreuse.

— *Un homme et une femme...*

Quelle sotte! Pourquoi n'avait-elle pas choisi un titre... plus neutre? Il souriait, à présent, et l'examinait de bas en haut, admiratif.

— *Un homme et une femme*, répéta-t-il... Très bien...

Elle balbutia un remerciement et se précipita vers sa table, où, à son grand soulagement, elle découvrit que Peter s'était absenté. Ainsi, elle aurait le temps de se remettre de l'incroyable trouble dans lequel son cœur était plongé...

Ayant écouté jusqu'au bout la chanson, l'œil résolument rivé sur le bouquet de fleurs ornant sa table, Bianca applaudit. Le pianiste lui sourit, puis, au lieu de continuer à jouer, il se leva et vint vers elle. Il évoluait avec la souplesse d'une panthère...

— Je vais faire une pause de dix minutes. Puis-je vous offrir un verre... Ou un autre café?

— Volontiers. Asseyez-vous, je vous en prie.

— Merci... Je me présente: Joe Crawford, reprit-il, après avoir signalé à l'un des serveurs de venir prendre sa commande.

12

Bianca s'apprêtait à lui dire son nom, lorsque Peter réapparut.

— Vous vous connaissez, je crois...

Joe se leva pour serrer la main du nouveau venu. En se rasseyant, elle le vit glisser un regard sur sa main gauche, nantie d'une bague à l'auriculaire. Il se demandait sûrement quelle était sa relation avec Peter... Il n'avait tout de même pas conclu trop précipitamment ?

— Comment en êtes-vous arrivé à jouer si bien du piano ? interrogea Peter d'un ton mondain.

— Ma grand-mère m'a appris les rudiments de cet art, et j'ai très vite senti que j'avais une excellente oreille musicale. J'ai pris quelques cours à l'école, mais les heures d'exercices nécessaires pour devenir professeur m'ont vite découragé. Ici, cependant, j'arrive à en vivre, comme beaucoup.

— Vous ne jouez pas d'un instrument, n'est-ce pas, Bianca ? questionna encore Peter.

— J'aime la musique, je l'écoute, mais je ne suis pas douée.

— Vous êtes anglaise ? s'enquit Joe.

— Oui, pourquoi ? Je n'en ai pas l'air ?

— Si, mais votre prénom est italien. Je n'ai encore jamais connu une Anglaise baptisée Bianca.

— Ma mère est plus ou moins d'origine italienne, et mes parents vivaient en Italie lorsque je suis née. Néanmoins, mon nom de famille est parfaitement anglais : Dawson.

Elle aurait souhaité qu'il lui pose quelques questions sur sa vie, sur les raisons de sa présence en Espagne ; ainsi aurait-elle l'occasion de glisser une remarque au sujet de Peter, un « ami de la famille »... Cependant, il se tourna vers celui-ci et se mit à discuter des avantages offerts dans le port... Oui, il avait conclu précipitamment... Le courant magnétique qui avait vibré entre eux un peu plus tôt n'existait plus. Il l'observait de temps à autre à la dérobée, mais il n'y avait plus cette lueur de passion dans ses yeux. Il était courtois et indifférent... Il se leva assez vite :

— Je dois me remettre au piano. Puis-je interpréter une autre mélodie pour vous ?

— *Night and Day*, suggéra Peter.

— Avec plaisir, répliqua-t-il avant de se détourner.

— Il a déjà joué pour vous, si je comprends bien ?

— Oui.

— Les femmes le trouvent sans doute séduisant, pourtant, à mon avis, c'est un vaurien.

— Pourquoi dites-vous cela ? Tout à l'heure, vous avez regretté que Mark ne suive pas son exemple.

— D'une certaine façon, c'est vrai. Toutefois, je n'aimerais pas voir Mark mener une vie de vagabond, comme cet ex-légionnaire. Bien sûr, contrairement à certains amis de Mark, il refuse l'aide de l'Etat, il ne compte pas sur les autres pour manger. Cependant, Joe me paraît suffisamment intelligent pour s'occuper autrement qu'en jouant dans les restaurants et les bars. Il arrive probablement à s'en sortir tout seul, mais ce n'est pas avec cela qu'il pourra entretenir une épouse et des enfants.

— Il n'en veut peut-être pas. On ne fonde plus un foyer à vingt ans, comme autrefois.

— C'est exact, et je suis favorable à cette mode qui pousse les jeunes à voir le monde avant de se fixer complètement, admit-il. Cependant, la jeunesse ne dure pas éternellement, et, tôt ou tard, nous sommes tous forcés de devenir utiles à notre société.

Ce discours, il ne manquait jamais de le débiter à grand renfort d'explications, lorsqu'il avait devant lui un auditoire attentif. Il avait tendance à sermonner tout le monde. Plus d'une fois, Lucy avait bâillé d'ennui, à la confusion de Bianca. Bianca elle-même en avait assez de l'entendre se répéter sans cesse, mais elle s'efforçait de le dissimuler. Ecouter les leçons de Peter lui paraissait bien peu, en comparaison de toutes les gentillesses qu'il avait pour elle.

Tout en ponctuant aux moments opportuns sa tirade d'un oui, ou d'un non, elle observait le pianiste à la dérobée. L'un des serveurs s'approcha de lui pour lui donner une bière, offerte par le vieux couple d'amoureux. Joe les remarcia d'un signe, sans cesser de jouer, puis il indiqua au barman de se pencher vers lui. Apparemment, il lui posait une question, il voulait avoir quelques renseignements au sujet de Bianca et de Peter... L'employé les examina de loin, puis souligna son « *No se...* » d'un mouvement de tête évasif. Un bref instant, la jeune fille se sentit en proie à une telle colère, qu'elle faillit bondir vers lui pour lui hurler qu'elle n'était pas la maîtresse de Peter Lincoln ! Elle se ravisa, cependant. Si Joe était de ces hommes qui, sans preuve aucune, sont prêts à croire le pire, cela ne servirait à rien. Mieux valait interrompre immédiatement toute possibilité de relations ultérieures...

Ils quittèrent assez rapidement le restaurant, et Peter la ramena chez elle. La *Casa Mimosa* était une petite villa, située à quelques mètres de celle de Peter, beaucoup plus luxueuse.

Le père de Bianca l'avait achetée une dizaine d'années auparavant, afin de placer son argent, et d'offrir à sa famille une résidence agréable pour les vacances.

Les deux maisons se trouvaient dans un quartier calme et résidentiel, à l'écart de la ville et du tourbillon envahissant des touristes à la belle saison. Cependant, l'éloignement représentait parfois un inconvénient, surtout lorsque l'unique moyen de transport était la mobylette dont Lucy se servait chaque jour, pour se rendre à son travail dans une agence immobilière...

Si Bianca souhaitait aller en ville, elle devait avoir recours à un autobus irrégulier, ou bien à des automobilistes bien intentionnés. Certains de ces conducteurs se montraient vite un peu trop empressés. Ainsi, le Colonel Blimp, par exemple, et quelques retraités richissimes avaient tenté de lui caresser le genou, ou de l'embrasser.... Bianca avait donc renoncé aux excursions : elle se contentait de faire ses courses au village... Pourtant, à l'approche du printemps, elle songeait sérieusement à s'offrir une bicyclette d'occasion, afin de pouvoir gagner la plage en toute liberté. Elle préférait l'eau de la mer à celle de la piscine aseptisée de Peter Lincoln...

En arrivant à la *Casa Mimosa*, ils découvrirent toutes les fenêtres illuminées, mais personne n'était visible. Ben était certainement à la taverne, Lucy dans une discothèque avec des amis...

Après avoir souhaité une bonne nuit à Peter, Bianca passa dans toutes les pièces pour éteindre les lampes. Elle était résignée : il était inutile d'essayer d'enseigner à son beau-père et à sa demi-sœur les principes de l'économie d'énergie ! Par moments, elle se demandait ce qui l'empêchait de suivre les conseils de Peter, et de retourner en Angleterre. Mais, avant de mourir, sa mère lui avait fait promettre de s'occuper de Lucy. De plus, la jeune fille se plaisait en Espagne. La grandeur des montagnes, les jardins en terrasses, les vignobles, les étalages colorés au marché du village, l'animation, la gentillesse des habitants, le climat... tous ces éléments contribuaient à lui redonner de l'espoir, malgré les obstacles qu'elle avait à surmonter.

Pourquoi, après avoir été veuve pendant six ans, sa mère avait-elle eu l'idée saugrenue d'épouser Ben Hollis ? Bianca ne comprendrait jamais ce mystère. Tous deux étaient artistes... Carla avait vendu ses tableaux dans le monde entier, Ben se contentait de barbouiller des natures mortes destinées aux touristes... C'était là leur seul point commun. Cependant, pas une fois Carla n'avait voulu reconnaître le désastre de ces secondes noces. Son courage et sa fidélité n'avaient d'égal que son sens de l'humour... Oui, c'était le rire de

16

sa mère que Bianca regrettait le plus. Car, ni Ben, ni Lucy... ni même Peter ne savaient rire. Joe Crawford, en revanche, semblait de ces personnages avec lesquels on peut éclater de rire pour une plaisanterie absurde...

Allongée dans son lit, les yeux grands ouverts dans le noir, elle s'en voulut de penser à lui. Dans le corridor, elle entendit le pas chancelant de Ben, rentrant du village... Joe Crawford... Elle ne le reverrait sans doute jamais. La prochaine fois que Peter Lincoln l'emmènerait dîner chez *El Delfin*, il serait déjà parti...

2

Non loin de la *Casa Mimosa,* et juste derrière la villa de Peter, *Bellavista,* il y avait une colline sillonnée par d'étroits sentiers. Bianca les avait presque tous explorés depuis ses premières vacances en Espagne, quand elle était encore adolescente.

Le soleil était trop chaud en plein été pour entreprendre de longues promenades, mais souvent, au cours de l'hiver, elle mettait un vieux jean, des bottes, et, munie d'une gourde pleine d'eau fraîche, partait à l'aventure.

L'un de ses endroits favoris était un petit mur de pierres, près d'une maison en ruines. Elle s'y asseyait, les jambes dans le vide, et contemplait ce panorama enchanteur en rêvant...

Ce jour-là, en redescendant, elle heurta par mégarde une pierre du chemin, et, avec un hurlement de douleur, s'effondra.

Elle découvrit avec horreur que sa cheville enflait à vue d'œil. Ayant dévissé le bouchon de sa gourde encore à moitié pleine, elle imprégna son foulard d'eau fraîche, et l'enveloppa autour de son pied, espérant ainsi pouvoir poursuivre sa route en sautillant. Malheureusement, la chance n'était pas avec elle... Non seulement elle était dans l'incapacité de marcher, mais, en plus, elle était isolée du reste du monde ! Elle aurait beau crier de toutes ses forces, personne ne l'entendrait, ni ne la verrait !

— Oh, flûte ! s'exclama-t-elle tout haut, désespérée.

Contrairement à Lucy, qui jugeait bon de ponctuer toutes ses phrases de mots plus ou moins grossiers, Bianca savait en général se retenir. Parfois, elle se demandait s'il existait encore des hommes qui, comme son père, ne juraient jamais devant une femme. Michael n'avait en rien modéré ses expressions pour elle, et était toujours demeuré indifférent à ses réactions outragées. Au début, Bianca avait feint de n'y prêter aucune attention, cependant, avec le recul, elle s'était aperçu que c'était là un des nombreux points qui les séparaient. Au fond, elle était démodée, et elle avait besoin d'un homme démodé, attentionné, prêt à protéger, à chérir toutes les femmes, surtout la sienne. Elle ne voulait pas être l'égale de son futur mari : elle préférait être son complément.

Néanmoins, le moment n'était guère propice aux réflexions philosophiques : elle souffrait affreusement, et ignorait par quel moyen elle allait rentrer chez elle…

Soudain, provenant d'un peu plus haut, elle perçut un sifflement. Ce ne pouvait être le *pastor,* qui gardait ses moutons au sommet de la montagne : elle aurait aussi entendu les cloches des béliers. Quelqu'un devait emprunter cette voie pour se rendre plus vite au village, de l'autre côté de la colline… Elle poussa un soupir de soulagement, et attendit qu'il surgisse devant elle… Joe Crawford ! Elle le reconnut avec un mélange de reconnaissance et d'angoisse. Elle avait eu tant de mal à le chasser de son esprit, depuis leur première rencontre. Ces retrouvailles ne lui faciliteraient en rien la tâche !

En la voyant, assise sur un rocher, il crut tout d'abord qu'elle se reposait. Il cessa de siffler et sourit, de son sourire charmant et troublant.

— Bonjour ! s'écria-t-il d'un ton enjoué. Vous montez, ou vous descendez ?

— Je descendais, mais j'ai trébuché ; je me suis foulé la cheville, je crois. Pourriez-vous m'aider, s'il vous plaît ?

— Bien sûr ! Attendez, je vais examiner cette blessure, répliqua-t-il en s'agenouillant à ses côtés, pour ôter d'un geste précis son pansement improvisé. Oh, murmura-t-il après un court silence. *Pobrecita !*

« Ma pauvre petite »... Elle tressaillit imperceptiblement, bouleversée.

— Je vous conseille de serrer les dents pendant une ou deux secondes. Vous vous êtes peut-être cassé le pied ; dans ce cas nous serons obligés de vous ramener chez vous sur une civière. Sinon, je vous porterai sur mon dos. Malheureusement, ce ne sera pas confortable !

La douleur fulgurante, provoquée par la petite vérification opérée par Joe, fut en partie anesthésiée par son émotion de le sentir si près d'elle. Il avait enlevé sa chemise, et l'avait nouée négligemment autour de sa taille pour marcher plus à l'aise. Son torse était musclé, puissant, bronzé comme son visage...

— Hum... C'est une simple foulure, Dieu merci. Cependant, vous ne pourrez marcher pendant un certain temps... Vous vous attendez à ce que je vous soulève dans mes bras, à la manière des héros de cinéma, je suppose ? Détrompez-vous, reprit-il, une lueur pétillante dans les yeux. La pente est abrupte : si j'étais vous, je boirais une gorgée de ce remontant...

De la poche arrière de son pantalon, il sortit une flasque en cuir et en argent, et la lui tendit.

— Qu'est-ce que c'est ? s'enquit-elle, sceptique.

— Du cognac espagnol. Ce n'est probablement pas votre boisson préférée, mais, au moins, vous serez insensible aux secousses.

— Je ne bois jamais d'alcool.

— A votre place, ma chère, j'apprendrais à l'aimer. En certaines circonstances, il faut savoir partager un verre avec ses compagnons.

Les joues écarlates, elle obéit.

— Attention, petite, pas trop ! s'écria-t-il. Vous allez vous enivrer ! Un instant, je remets ma chemise... Vous êtes prête ? Allons-y...

Quelques instants plus tard, ils entreprenaient la descente vers la *Casa Mimosa*, Bianca était à califourchon sur le dos de Joe. A chaque cahot, elle sentait un élancement atroce dans son pied, malgré toutes les précautions prises par le jeune homme. En atteignant la route goudronnée, il la posa délicatement à terre.

— A présent, jouons au héros d'Hollywood ! plaisanta-t-il.

Avant qu'elle ne réagisse, il la souleva dans ses bras à la façon des jeunes premiers romantiques, portant leur épouse sur le seuil de la demeure familiale.

— Vous êtes courageuse, reprit-il quelques mètres plus loin. Vous souffrez probablement beaucoup, mais je n'ai pas entendu un seul murmure de votre part !

— Oh, ce pourrait être pire, répliqua-t-elle, enchantée par ce compliment. Quelle chance que vous soyez passé par là... J'aurais pu y rester pendant des heures !

— Vous ne vous équipez jamais d'un sifflet ? Vous devriez. Une fille doit toujours avoir sur elle un instrument de ce genre, quand elle va se promener dans des endroits où elle risque un accident. C'est beaucoup plus facile de souffler dans un sifflet que de hurler.

— En effet, l'idée est excellente. Je n'y avais pas songé. Je vais m'en offrir un... De toute façon, je n'aurai plus tellement l'occasion de marcher, à cause de la chaleur.

— A quoi vous occupez-vous, en été ? Vous nagez, vous jouez au tennis ? Vous faites de la voile ?

— Je nage, j'aime aussi la plongée sous-marine. Cependant je ne sais ni jouer au tennis, ni manœuvrer un bateau. Je suis seulement montée quelques fois à bord d'un yacht.

— Aucune comparaison possible ! Les hors-bord sont

trop bruyants. Pour moi, l'intérêt du bateau, c'est d'échapper au bruit, justement. Par où allons-nous ?

— A gauche, s'il vous plaît.

Ben était-il à la maison ? Elle ne s'inquiétait pas de savoir s'il avait bu : ce n'était pas de sa faute, si elle était affublée d'un beau-père ivrogne ! Ce qui l'ennuyait, c'était que lui voie Joe... Il ne manquerait pas de la taquiner. Lucy prendrait également un malin plaisir à la harceler. Elle n'avait jamais osé se montrer insolente envers Carla, car Ben Hollis ne le tolérait pas, mais elle ne manquait pas une occasion d'offenser Bianca.

Cependant, ni Ben, ni Lucy ne devaient l'accueillir ; au moment où ils passaient devant *Bellavista*, Peter garait sa Mercedes devant la villa. Il bondit hors de son automobile, l'air consterné.

— Ce n'est pas grave ! le rassura Bianca, comme il se précipitait vers eux.

— Juste ciel ! Que s'est-il passé ? Donnez-la moi, à présent, ajouta-t-il en tendant les bras vers la jeune fille.

— Vous ne pourriez pas la porter ! répliqua Joe.

Il n'avait sans doute pas eu l'intention de vexer son interlocuteur, plus âgé que lui ; toutefois, Peter rougit de colère.

— Emmenez-la dans la maison, j'appelle le médecin.

Bianca ouvrit la bouche pour protester, mais Joe lui coupa la parole.

— C'est inutile, je vais la soigner.

— Vous avez des connaissances en médecine ! lui demanda Peter d'une voix glaciale

— Suffisamment pour un cas aussi bénin.

Et, avant d'avoir eu le temps d'exprimer son plus cher désir : rentrer chez elle le plus vite possible, Bianca se retrouva allongée sur la chaise longue de la véranda.

— Entrez, appelez Juanita, et dites-lui de vous apporter la trousse de secours, ordonna Peter d'un ton impérieux.

Bianca n'eut pas le courage de résister. Elle ne

comprenait pas l'hostilité de Peter envers cet homme qui l'avait sauvée du désastre ! Sans Joe, elle serait encore là-haut, perdue dans la montagne ! Ce dernier haussa un sourcil ironique, mais ne souffla mot, et disparut dans l'entrée.

— Peter... Vous êtes un peu dur avec lui, vous ne trouvez pas ?

Il s'assit sur le bord du divan, à côté d'elle.

— Je n'aime pas ce jeune homme. C'est un vaniteux.

— Vaniteux ? répéta-t-elle, étonnée... Sûr de lui, peut-être, mais certainement pas vaniteux... Vous ne paraissiez pas le détester, pourtant.

— A présent, si. Que faisiez-vous là-bas avec lui ? C'est une folie de vous promener ainsi en compagnie d'un parfait inconnu ! Il aurait pu vous brutaliser. C'est son genre...

Tant d'animosité et de verdeur l'ébahirent. Jamais elle ne l'avait entendu parler de cette manière d'une personne. Elle avait toujours apprécié Peter pour son esprit de tolérance envers les autres.

— Je n'étais pas avec lui, riposta-t-elle. Je me promenais, il se promenait de son côté, et, par chance, il a surgi peu après mon accident. Je ne comprends pas pourquoi vous le considérez tout d'un coup comme un individu suspect. Si vous avez surpris des rumeurs malveillantes à son sujet, ce ne sont que des commérages. Vous savez combien les gens sont médisants par ici. Ils adorent les scandales.

— Ce n'est pas ce que j'ai pu entendre, c'est ce que je ressens profondément, d'instinct. Vous me surprenez sans cesse, Bianca. Votre innocence, votre naïveté me ravissent : j'ai souvent remarqué vos réactions, quand on raconte une plaisanterie de mauvais goût, ou qu'un monsieur un peu éméché tente de vous faire la cour.

— Quel est le rapport avec Joe ?

— Les femmes qu'il a connues appartiennent à une

catégorie très spécifique de notre société, elles vendent leurs charmes...

— Peter, je vous en prie !

— Vous voyez ? Je vous ai choquée. Il ne vous est pas venu à l'idée qu'un homme ayant servi dans la Légion étrangère puisse être un rustre...

— Vous êtes fou ! protesta-t-elle. Joe est courtois, bien élevé, il a reçu une certaine éducation.

— Du vernis ! Même les criminels ont de l'éducation...

— Vous ne voulez tout de même pas insinuer que Joe ait pu...

Les mots moururent sur ses lèvres. Les réactions extravagantes de Peter étaient-elles le symptôme d'une dépression, due à la disparition de son épouse ? Elle posa une main réconfortante sur son bras.

— Vous avez peut-être raison, mais ne vous en souciez pas. Nous nous sommes retrouvés là-haut par hasard, et, en cette circonstance, c'était un miracle.

— J'ai tort de m'en préoccuper, Bianca, mais je m'intéresse à votre situation. Vous ne vivez plus, vous servez de femme de ménage à la *Casa Mimosa*. Ni Ben ni Lucy ne savent vous remercier de vos efforts. Pourquoi profiteraient-ils de la vie à vos dépens ? Laissez à votre demi-sœur le soin de s'occuper de son père ; et offrez-moi la chance de prendre soin de vous... Je sais que vous ne m'aimez pas, poursuivit-il après une courte pause, mais nous avons tant de points communs... C'est la meilleure base pour un mariage solide.

— Un mariage... ?

Pas un instant elle n'avait soupçonné chez lui un sentiment de jalousie. Pourtant, cela expliquait parfaitement le changement inattendu de son comportement envers Joe. Mais enfin... Elle eût été moins ébahie s'il lui avait annoncé son intention d'épouser Juanita, sa domestique !

— Je suis désolé de vous interrompre, mais à mon

avis, vous devriez retarder ce projet jusqu'à ce que
Bianca puisse de nouveau marcher... Cela vous ennuie-
rait-il de vous pousser, monsieur Lincoln ?

Peter se leva en émettant un grognement mi-confus,
mi-exaspéré. Joe posa la trousse de secours, puis
entreprit de panser la cheville de la jeune fille. Ses
gestes étaient précis, nets, et Bianca l'observait, hypno-
tisée. Elle se sentait noyée dans un tourbillon d'émotions. Elle aurait tant voulu lui expliquer que la proposition de Peter était des plus surprenantes, qu'elle ne
l'avait en rien encouragé à de telles avances, qu'elle
était horrifiée...

Cependant, tant que Peter demeurerait là, tant qu'il
continuerait d'aller et venir derrière le divan, le front
plissé, le regard soupçonneux, inquisiteur, elle serait
silencieuse...

Une fois seulement, Joe glissa vers elle un coup d'œil
pétillant de malice. Il était persuadé qu'elle avait
attendu depuis des mois la demande en mariage de
Peter Lincoln !

— Et voilà ! conclut-il enfin en se levant. A présent,
je vous abandonne... *Adiós* !

Elle le rappela au moment où il s'apprêtait à descendre les marches du perron. Il s'immobilisa, et la regarda.

— M... merci... murmura-t-elle.

Il haussa les épaules.

— *De nada*... de rien...

— Avant de partir, pourriez-vous me rendre un
dernier service ?

— Lequel ?

Elle ne savait pas exactement ce qu'il avait entendu
de leur conversation. S'il n'avait pas perçu ses allusions
à Ben et à Lucy, il imaginerait sûrement qu'elle vivait
avec Peter !

— Je suis épuisée, soupira-t-elle. J'aimerais rentrer
chez moi. Ce n'est pas loin d'ici, juste au bout de la rue.
Auriez-vous la gentillesse de m'y emmener ?

— C'est le privilège de M. Lincoln, répliqua-t-il.

Sur ces mots, il tourna les talons et partit, la laissant seule avec son irritation et sa morosité. Elle n'était pas d'humeur à subir une nouvelle tentative de demande en mariage de la part de Peter. A son grand soulagement, celui-ci semblait cependant avoir retrouvé ses esprits. Dès que Joe eut complètement disparu, il redevint calme.

— Je suis désolé, Bianca, j'ai mal choisi le moment pour vous déclarer mes sentiments. Vous souffrez, vous avez subi un rude choc. Vous devriez être dans votre lit. Je vous ramène chez vous immédiatement. Juanita nous accompagnera, ainsi elle pourra vous aider à vous installer confortablement dans votre chambre.

Ce fut donc la dernière vision qu'elle eut de Joe... A l'instant précis où la Mercedes bifurquait dans l'allée menant à la *Casa Mimosa,* il pressa le pas afin de les laisser passer. Juanita suivait... à pied.

Bianca lui adressa un sourire hésitant, et reçut en guise de réponse un salut moqueur. Quand Peter eut garé l'automobile et contourné le véhicule pour lui ouvrir la portière, la haute silhouette de Joe avait disparu dans la nature.

Peter ne reprit pas leur conversation sur le mariage avant le lendemain. Après une nuit agitée, Bianca se sentait malgré tout en meilleure forme pour se battre, et imaginer de subtiles tactiques pour refuser...

Malheureusement, Peter ne voulut rien savoir. Il considérait sa réponse négative comme non définitive, et promit de réitérer son offre...

Ce fut au moment où il réclama ses lèvres qu'elle découvrit avec horreur combien il lui répugnait physiquement. Peter Lincoln était un ami précieux, mais jamais... jamais elle n'accepterait de devenir sa femme !

Il lui offrait pourtant une vie luxueuse, sans le moindre souci.. Bianca demeurait indifférente à ces arguments ; elle était démodée d'une certaine façon, moderne d'une autre : elle ne pouvait pas se marier en échange de la sécurité matérielle !

En sortant du lycée, elle avait entrepris un cours de secrétariat sans savoir où cela la mènerait ; puis, par chance, elle s'était découvert une vocation... la recherche...

... Pendant trois ans, elle avait travaillé comme assistante auprès d'un généalogiste qui gagnait fort bien sa vie en retraçant les sagas familiales d'Australiens et d'Américains fortunés.

C'est ainsi qu'elle avait rencontré Michael Leigh. Consultant une pile d'archives vieilles de deux cents ans dans une bibliothèque, à Londres, elle avait soudain levé les yeux pour découvrir un élégant jeune homme en face d'elle.

Ecrivain, il arrondissait ses fins de mois en filmant des documentaires pour la télévision, mais il espérait un jour être reconnu comme un grand biographe. Les premiers mois, l'attraction physique et la passion de leur métier les avaient rapprochés l'un de l'autre. Il avait choisi une existence bohème ; Bianca ne lui demandait rien, sinon... le mariage. A ses yeux, le mariage représentait une communion totale, une promesse éternelle de bonheur. Elle n'avait pas pu se résoudre à vivre avec un homme de façon temporaire...

— Si nous ne sommes pas sûrs de nous maintenant, nous ne le serons jamais, avait-elle déclaré. Je ne veux pas d'un « essai », Michael, je veux être avec vous pour le meilleur et pour le pire. Si ce n'est pas votre intention, nous ferions mieux de nous quitter tout de suite.

Ils ne s'étaient pas dit adieu. Bianca avait reçu un télégramme d'Espagne : Ben l'appelait d'urgence au chevet de sa mère. Leur dernière étreinte lui avait laissé espérer que cette absence serait bénéfique pour tous les deux. Six semaines plus tard, il lui avait écrit une longue lettre lui expliquant qu'il avait rencontré une autre femme. A présent, en y réfléchissant, elle se rendait compte à quel point Michael avait eu raison d'hésiter. Elle avait commis une grossière erreur en croyant l'aimer, elle était aujourd'hui affolée à la pensée de pouvoir se tromper à nouveau.

C'est cette peur qui la retint, quand sa cheville fut guérie, de retourner au port à la recherche de Joe pour lui annoncer qu'elle était libre, qu'elle l'appréciait beaucoup, qu'elle était prête à le revoir...

A deux reprises, lorsqu'elle put se déplacer sans boiter, elle trouva le courage de prendre l'autobus, munie d'un petit cadeau pour le remercier de l'avoir aidée le jour de l'accident. Chaque fois, en arrivant en ville, elle s'était ravisée. Si elle l'avait intéressé... même un tout petit peu... il aurait pris la peine de venir lui rendre visite, n'est-ce pas ?

Un mois s'écoula. Bianca affrontait chaque jour de nouvelles difficultés à la *Casa Mimosa,* et redoutait une récidive de la part de Peter Lincoln ; heureusement le temps était au beau fixe, et elle en arrivait à balayer tous ses problèmes de son esprit.

Dès le lever du soleil, elle prenait sa bicyclette, achetée récemment, et parcourait les six kilomètres qui la séparait de la plage. Elle nageait longuement, puis dévorait un énorme sandwich au pâté en guise de petit déjeuner. Elle utilisait le moins possible la piscine de Peter, et inventait d'innombrables prétextes pour éviter de dîner avec lui en tête à tête. Tout autre était la conduite de Lucy qui adorait les mondanités.

Ben Hollis ne reprochait jamais à sa fille de rentrer chaque soir bien après minuit, et il avait conseillé à Bianca de la laisser tranquille. Cependant, celle-ci ne pouvait s'empêcher de songer qu'à dix-sept ans, Lucy prenait des risques inutiles en traînant en ville si tard dans la nuit. Jusqu'à présent, il ne lui était rien arrivé de dramatique, mais avec sa façon provocante de s'habiller, de se maquiller outrageusement, et ses airs insolents, elle courait au désastre...

Un soir, Bianca lisait dans son lit, quand elle entendit une voiture s'arrêter devant la maison. Une portière claqua, suivie d'une brève et violente altercation. Puis elle reconnut le pas de Lucy sur le gravier, tandis que le véhicule s'éloignait dans un vrombissement.

Il n'était pas très tard... à peine minuit... et Bianca sentit immédiatement qu'il y avait eu un drame. Elle se leva aussitôt, enfila ses mules, et, dans le noir, se dirigea vers le corridor. En allumant le lustre central, elle vit sa demi-sœur, appuyée contre la porte d'entrée, les joues ruisselantes de larmes.

— Lucy, qu'y a-t-il? Que s'est-il passé? s'exclama-t-elle en se précipitant vers elle, les bras tendus.

Elle en oublia d'un seul coup tous les défauts de Lucy, son égoïsme, sa vulgarité, son désordre... Elle n'éprouvait plus envers elle qu'un élan de pitié. Après tout, Lucy était le pur produit d'une union brisée, son père lui donnait le mauvais exemple... Elle était encore si jeune!

Lucy était trop émue pour expliquer clairement les raisons de son état, mais, petit à petit, elle se calma et Bianca comprit vite la mésaventure dont elle avait été victime. Ce qu'elle craignait depuis toujours... Sur le chemin du retour, son chevalier servant avait garé sa voiture sur le bas-côté, dans un endroit isolé, à l'abri des regards indiscrets, et lui avait fait des avances. Elle avait réussi à se débattre, mais, d'après son récit, c'était un miracle qu'elle n'ait pas été violentée!

Lucy dormait profondément lorsque Bianca la quitta enfin, cependant cette dernière ne trouva pas le sommeil avant de longues heures. Elle espéra que l'expérience malheureuse qu'elle avait vécue servirait d'avertissement à sa demi-sœur... Si Ben avait été un père, un vrai père, Bianca lui aurait tout raconté, en lui laissant le soin de corriger ce garçon ! Elle ne savait pas de qui il s'agissait… Un touriste, peut-être…

Le lendemain matin, Lucy se réveilla avec une migraine épouvantable, ce qui confirma les soupçons de Bianca : la veille, sa demi-sœur avait bu plus que de raison. S'étant déclarée trop lasse pour se rendre à son travail, Lucy se recoucha, et Bianca décida d'emprunter sa mobylette pour aller en ville, au marché du port.

— Lucy… Qui t'a raccompagnée, hier soir ? Un Espagnol, ou un étranger ? A mon avis, il mérite une punition. Il ne servirait sans doute à rien de déposer plainte à la police, ce serait d'ailleurs probablement très désagréable pour toi. Mais, si c'est un de tes amis, nous pourrions en parler à ses parents.

Lucy marqua une hésitation, puis, à contrecœur, se résolut à répondre.

— C'était un Anglais, il n'a pas de famille. Il traîne en ville…

— C'est un hippie ? s'enquit Bianca, sidérée.

Elle savait qu'il existait une ou deux communautés de hippies dans la région, toutefois un tel comportement était inattendu de leur part. En général, ils étaient plutôt du genre pacifique…

— Non, il vit à bord d'un bateau. Il joue du piano chez *El Delfin*.

— Quoi ? C'est incroyable…

— Comment ? Que veux-tu dire ? Tu ne le connais pas, tout de même ?

Ce fut au tour de Bianca d'hésiter.

— Non… pas vraiment. J'ai discuté avec lui. Peter l'avait déjà rencontré à une ou deux reprises, et je l'ai entendu au restaurant, un soir. Il m'a semblé être un homme courtois… bien élevé.

— Eh bien, ce n'est pas le cas ! riposta Lucy avec véhémence. C'est un monstre, un vaurien ! Je ne le supporte pas ! Je t'en supplie, Bianca, ne me parle plus de cette histoire, j'en ai assez !

Sur ces mots, elle s'effondra sur son oreiller, prête à se rendormir.

Bianca revint dans la cuisine où, pendant quelques minutes, elle fixa le jardin sans le voir. Elle avait l'impression d'avoir reçu un coup de poing dans l'estomac. Joe Crawford, cet homme aux allures de prince charmant, au regard ténébreux... Oser se comporter de cette façon avec Lucy ! Impensable, grotesque !

Peter ne serait guère surpris d'apprendre cette nouvelle. Il l'avait déjà prévenue. Au début, elle ne l'avait pas cru, elle avait mis ces critiques sur le compte de la jalousie. Peut-être avait-elle eu tort. Peut-être avait-elle été aveuglée par la vague d'émotions qui l'envahissait en présence du pianiste...

Sa déception première cédait maintenant la place à une sourde colère. Bianca perdait rarement la maîtrise d'elle-même, mais, quand la rage s'emparait d'elle, rien ne pouvait l'arrêter !

Une demi-heure plus tard, montée sur la mobylette de Lucy, elle se trouvait sur la route menant à la ville. Son projet de faire les courses au marché était depuis longtemps oublié. Elle avait un autre but : rechercher Joe Crawford, le trouver coûte que coûte, et lui jeter au visage ce qu'elle pensait de lui !

3

Bianca était en proie à une telle agitation qu'elle en avait complètement oublié les explications de Peter... Le bateau de Joe était amarré à côté du *Sheila*, mais elle dut se renseigner auprès d'une Hollandaise qui suspendait du linge sur le pont de sa péniche.

— Excusez-moi, madame, savez-vous où je peux trouver M. Joe Crawford ?

— Tout au bout du quai, *La Libertad,* répondit son interlocutrice d'un ton nuancé d'admiration.

— Merci.

— Je vous en prie !

Bianca remonta sur sa mobylette et, à vitesse réduite, parcourut le chemin jusqu'à l'endroit indiqué, dépassant d'innombrables embarcations venant de Hambourg, de Guernesey, et même de New York...

La Libertad n'était pas tout au fond du débarcadère comme la plupart des autres bateaux, mais à une distance de quelques mètres environ. La porte à deux battants menant d'un pont à l'autre était ouverte, cependant le propriétaire demeurait invisible.

— Monsieur Crawford ? Vous êtes là, monsieur Crawford ? cria la jeune fille.

En guise de réponse, elle entendit des aboiements furieux, suivis d'une extraordinaire apparition : un chien minuscule, au poil ébouriffé, se précipita à la proue. Selon toute apparence, il remplissait son rôle de gardien, mais sans aucune méchanceté. Un instant plus tard, Joe surgit à son tour, vêtu d'un short délavé.

— Ah... Bianca !

Elle comprit tout d'un coup qu'en reconduisant Lucy, la veille, il avait dû reconnaître la maison. Cela expliquait certainement son départ précipité...

— J'ai à vous parler, déclara-t-elle.

Pieds nus, il sauta par-dessus le bastingage, et descendit l'échelle menant à une petite barque pour la rejoindre.

— Montez à bord, proposa-t-il.

— Si cela ne vous ennuie pas, je préfère rester ici.

— Comme vous voudrez. Apparemment, votre visite n'est pas amicale.

— Non, en effet.

— En quoi puis-je vous aider ?

— Vous étiez ivre, hier soir ? grinça-t-elle. Ou bien êtes-vous tellement dénué de scrupules que l'épisode avec ma demi-sœur, cette nuit, vous est indifférent ?

— Ah, c'est votre demi-sœur ? Que vous a-t-elle raconté.

— Elle a fort peu parlé. Elle était horrifiée, désespérée. Je veux simplement vous dire clairement que, si vous osez l'approcher de nouveau, j'avertirai la police. Mon beau-père y serait allé aujourd'hui, mentit-elle, si Lucy n'avait pas refusé l'idée de décrire les sévices dont elle a été l'objet. Ils vous ordonneraient de quitter le pays immédiatement ! Ils ne font aucune concession aux voyous, surtout étrangers !

— Sur ce point, vous avez raison, concéda-t-il d'un ton grave et calme. C'est pourquoi votre beau-père a tout intérêt à réfléchir, avant de déposer une plainte. Lui est un étranger, pas moi. J'ai servi dans ce pays comme légionnaire ; croyez-moi, la police m'accorderait plus de confiance qu'à un Anglais passant son temps

34

dans les bars, et incapable de surveiller les agissements de sa propre fille !

Un flot écarlate monta aux joues de Bianca. Bien sûr, le comportement de Lucy était susceptible de choquer. Cependant, elle n'eut pas le temps de la défendre, car Joe poursuivait :

— Elle ne vous a presque rien dit, ce sont vos propres paroles. Elle a tout de même parlé. De quoi... précisément, m'accuse-t-elle ?

— Sur le chemin du retour, vous avez garé la voiture sur le bas-côté, et vous vous êtes comporté avec elle comme une véritable brute !

— Vraiment ? Et elle, comment a-t-elle réagi ? A-t-elle défendu sa vertu ? Ou bien a-t-elle été trop effrayée pour se débattre ?

— Je... je n'en sais rien. Si j'ai bien compris, vous avez enfin recouvré vos esprits.

— Je vois. Et, me connaissant, vous avez cru sa version des faits ? Il vous a paru naturel que je puisse user de ma force sur une adolescente ?

Devant lui, subitement, cette éventualité paraissait ridicule. Un homme tel que lui, si assuré, si discipliné n'abuserait jamais d'une jeune fille innocente. Non... Un homme comme lui devait au contraire s'efforcer de fuir les avances d'épouses insatisfaites, ou de femmes solitaires...

— Nous nous sommes rencontrés seulement à deux reprises, je ne vous connais donc pas. Vous aviez peut-être trop bu.

Mais elle avait conscience que ce ne pouvait être le cas. Venant de passer neuf mois dans la maison de Ben Hollis, elle savait distinguer les symptômes de l'alcoolisme...

— Pourquoi Lucy mentirait-elle ? reprit-elle à voix haute.

— Sans doute pour se venger d'avoir été repoussée. La furie d'une femme offensée n'a pas de limites, à ce

que l'on prétend. Votre charmante demi-sœur se pava-
nait devant moi depuis un certain temps déjà. Hier soir,
elle a été accostée par un vilain individu, qui a dû
ajouter une bonne dose de gin à chacun de ses sodas, si
j'en juge par l'état dans lequel elle se trouvait lors de
mon intervention. C'est vrai : en la raccompagnant, j'ai
arrêté la voiture, mais pas dans un coin isolé, et pas pour
lui faire des avances. En vérité, je n'arrivais pas à
conduire : elle s'efforçait de me séduire, je suppose...
Surtout, elle me gênait terriblement. Je l'ai réprimandée
d'un ton tranchant. Après cela, sauf pour une brève
explosion de rage au moment où elle est descendue de
l'automobile, elle a passé son temps à bouder. J'aurais
peut-être dû vous la ramener moi-même à la porte,
cependant le véhicule ne m'appartenait pas ; je devais le
rendre le plus vite possible. De plus, on ne me paie pas
chez *El Delfin* pour jouer les dames de compagnie
auprès des petites filles dissipées.

Il marqua une pause, puis, après un long silence,
reprit la parole :

— Vous pouvez me croire, ou non. Vous êtes libre,
bien sûr. Néanmoins, plusieurs personnes pourraient
témoigner de son comportement dans la discothèque
avant mon apparition. Personne ne semblait d'ailleurs
se préoccuper d'elle...

Bianca ne soufflait mot : Joe lui racontait certainement la vérité, et elle avait honte de s'être ainsi
précipitée vers des conclusions hâtives, fondées uniquement sur les explications d'une adolescente faible de
caractère, et prête à mentir pour se défendre. Elle
cherchait en vain un moyen d'excuser sa maladresse,
lorsqu'il poursuivit d'une voix suave :

— Ainsi, vous me prenez pour un chasseur de
nymphettes ? Ce n'est guère flatteur pour moi. Enfin,
vous vous êtes trompée. Mes amies sont deux fois plus
jeunes que les hommes avec qui vous aimez sortir, mais

elles sont plus mûres que votre sœur Lucy. Ce sont plutôt des filles comme vous...

Avant que Bianca n'ait pu faire un geste, il s'avança d'un pas et la prit dans ses bras, indifférent aux regards indiscrets.

Ce fut un court baiser, pourtant, en l'espace de quelques secondes, elle éprouva une vague de sensations troublantes, comme elle en avait connues avec Michael. Les lèvres de Joe étaient douces, sensuelles, la peau de son visage était discrètement parfumée...

Même si elle l'avait voulu, elle n'aurait pu résister à cette attaque subite et brutale. Joe Crawford n'était pas un homme comme les autres : il avait le pouvoir de réveiller l'étrange et primitive créature qui sommeillait au fond du cœur de Bianca.

— Comment osez-vous...! s'écria-t-elle, quand il la relâcha...

C'était la femme civilisée et bien élevée qui parlait, pas la petite Bianca libérée de toutes ses inhibitions qui avait succombé sans protester à cette étreinte...

— J'aurais encore plus d'audace, si nous étions ailleurs, répliqua-t-il, une lueur malicieuse dans ses yeux noisette. Vous avez eu plus de plaisir qu'avec votre ami Peter, ne le niez pas. Il est trop vieux pour vous, vous savez. Ce n'est pas sa fortune qui compensera l'écart des années. Vous avez besoin d'un être jeune, suffisamment fort pour vous protéger...

— Peter Lincoln n'est pas mon amant ! Son épouse et lui étaient des amis de ma mère. Sheila Lincoln s'est tuée dans un accident de la route... Il l'adorait. S'il m'a demandé ma main l'autre jour, c'est parce qu'il se sent désespérément seul dans cette immense villa. Il sait aussi que je suis malheureuse chez moi.

— Vous croyez ? Personnellement, j'envisage le problème sous un angle différent : il a réagi par jalousie, en vous voyant dans mes bras. A mon avis, sa proposition a été surtout motivée par le désir. Oubliez son discours sur vos points communs : ils n'existent pas. Il souhaite seulement partager son lit avec une ravissante compagne, et vous voulez profiter d'une vie de luxe.

— Vraiment ? s'exclama-t-elle, furieuse. J'ai repoussé Peter. Je ne désire pas être entretenue par qui que ce soit, je suis assez grande pour m'offrir ce dont j'ai envie. Quant à cette insinuation concernant le désir de Peter, vous n'avez pas le droit de juger les autres en fonction de vos propres critères, monsieur Crawford. Vous considérez peut-être toutes les femmes comme de simples partenaires d'un soir, mais certains hommes préfèrent des relations plus profondes.

— Oui, moi aussi... Cependant, tout cela est basé au départ sur l'attraction physique. Nous pourrions faire un petit test : venez à bord prendre un café, et discuter en toute tranquillité. Ou bien, si vous avez peur de rester seule avec moi, je vous propose une baignade, et ensuite un verre au bar de la plage ?

— Je n'ai absolument pas peur de vous, mentit-elle, toutefois je ne suis pas venue passer ma matinée ici.

— Non, vous êtes venue me traiter de tous les noms, et votre intention s'est plus ou moins retournée contre vous. Vous êtes comme les autres : vous appréciez les démonstrations brutales, de temps en temps. D'ailleurs, vous n'êtes pas très fragile, ajouta-t-il en l'examinant de bas en haut, d'un œil admiratif.

— Je dois me rendre au marché, déclara-t-elle en se dirigeant vers sa mobylette.

— Si vous êtes occupée ce matin, voyons-nous demain...

— Je n'aurai pas la mobylette. Lucy s'en sert pour aller travailler.

— Dans ce cas, je passerai vous prendre. Je vous ai évitée jusqu'ici, car je vous croyais liée à Peter Lincoln. Cependant, si vous êtes libre...

— Non... En toute franchise, les liaisons sans conséquences dont vous semblez friand ne m'intéressent pas.

Ma vie est déjà affreusement compliquée. Je ne veux pas m'embarrasser davantage...

— Ma chère enfant, ne me dites pas que vous avez seulement rencontré des hommes aux intentions honorables !

— Ne soyez pas ridicule ! Il n'est pas dans mes habitudes d'accepter les invitations de quelqu'un dont l'unique objectif est de me séduire. C'est tout !

— J'aurai peut-être changé d'avis d'ici demain. Vous me plaisez physiquement, je l'avoue ; si vous m'en donnez la chance, je me découvrirai sans doute aussi l'envie de discuter avec vous...

Jamais Bianca n'avait été confrontée à un personnage comme celui-ci ! Elle n'était pas gênée par les paroles extrêmement directes de Joe, mais par sa propre vulnérabilité...

— Malheureusement, demain, c'est impossible. Une autre fois...

— Certainement ! *Adiós !*

Même après avoir fait ses emplettes au marché, et être retourné à la *Casa Mimosa*, elle sentait encore la brûlure de son baiser sur ses lèvres. Elle trouva Lucy allongée sur la terrasse, vêtue d'un minuscule bikini rouge, visiblement remise de ses émotions de la veille.

— Bonjour, Bianca ! Tu nous apportes de quoi manger ? Je meurs de faim.

— Sers-toi ! Il y a du pain frais, du saucisson et du fromage. Tu as rangé ta chambre ?

— Non, pas encore. C'est grave ?

— Non, mais ce n'est pas moi qui m'en chargerai.

— Tu es bizarre, aujourd'hui. En colère, il me semble, déclara l'adolescente en la suivant jusqu'à la cuisine.

— Moi ? Pas du tout... je suis hors de moi ! Je suis furieuse contre toi, Lucy. Tu m'as raconté des mensonges à propos de cet épisode avec Joe Crawford ! Comment as-tu osé, petite sotte ? Tu devrais plutôt remercier le ciel qu'il t'ait ramenée à la maison avant un véritable drame ! Je trouve malhonnête de ta part de lui donner le rôle de goujat !

— Quoi ? s'exclama Lucy, à la fois rageuse et affolée. Tu le lui a dit ?

— Naturellement ! Je me sens responsable de toi, c'était la seule solution.

— Ne t'inquiète pas, je peux prendre mes responsabilités.

— L'incident de cette nuit prouve le contraire. Selon Joe, tu avais été accostée par un sinistre individu.

— Personne ne qualifierait Joe Crawford de saint ! Il a appartenu à la Légion étrangère espagnole, dans laquelle s'engagent toutes sortes de voyous. Et il n'a pas acheté cet énorme voilier avec ses cachets de pianiste ! Il n'a pu s'offrir un tel bateau que grâce au trafic de la drogue. C'est ce que l'on prétend...

— Ces rumeurs sont aussi peu fondées que l'histoire que tu as inventée hier. Ce voilier appartient probablement à ses grands-parents, qui sont maintenant trop âgés pour en profiter.

— Comment sais-tu qu'il a des grands-parents ? Tu es très amie avec lui ? Il ne te plaît pas, tout de même ?

— Peter le connaît, il m'a parlé de lui à une ou deux reprises. Ma conversation d'aujourd'hui avec M. Crawford s'est limitée à tes récents exploits. A ta place, je l'éviterais. Il t'en veut, et ne manquera pas de t'infliger une punition méritée, s'il te rencontre de nouveau chez *El Delfin*.

— Ce... ce Joe Crawford ! rugit Lucy, provoquant chez sa demi-sœur un mélange d'exaspération et de pitié.

Mais, un quart de seconde plus tard, Lucy rougit violemment, confuse, et Bianca suivit la direction de son regard ; elle découvrait un grand jeune homme, planté sur le seuil de la pièce.

— Bonjour ! commença-t-il avec un sourire char-

mant. Je me présente : Mark Lincoln. J'arrive d'Angleterre, mais la maison de mon père est fermée à clé. Vous
êtes de ses amies, je crois. Vous savez peut-être où il
est ?

Bianca hocha la tête : elle n'avait pas vu Peter depuis
plusieurs jours.

— Il est sans doute à Alicante ou à Valencia pour la
journée. Comment êtes-vous parvenu jusqu'ici ?

— Des amis m'ont déposé en allant vers le sud.

— Attendez votre père ici, je vous en prie. Vous
devez avoir chaud, désirez-vous une bière glacée ? Ou
bien prendre une douche ?

— Ce serait avec un grand plaisir, merci.

Il s'avança vers le centre de la cuisine, et laissa tomber
son sac de voyage.

— Je m'appelle Bianca, et voici Lucy. Lucy, veux-tu
sortir une bière pour Mark, s'il te plaît ?

— Je vous connais d'après les lettres de mon père.
Vous avez certainement entendu parler de moi... Son
désespoir ? Du moins, jusqu'à maintenant...

Il se percha sur le tabouret qu'elle lui indiquait. Il
avait dix-neuf ans, presque vingt. La dernière fois que
son père l'avait vu, il avait eu les cheveux longs, et une
barbe hirsute. Aujourd'hui, il était parfaitement coiffé,
et habillé de façon conventionnelle...

— Oh, bien sûr, il était préoccupé, admit Bianca,
mais il vous aime beaucoup.

Lucy avait débouché la bouteille de bière, et la
tendait au visiteur :

— J'allais préparer mon déjeuner. Puis-je vous faire
un sandwich ? proposa-t-elle.

— Volontiers, je suis affamé. Nous sommes partis à
l'aube ce matin. Nous nous sommes relayés au volant
sans nous arrêter, sinon pour prendre de l'essence et
boire un café.

Il continua de bavarder gentiment avec Lucy, tandis

que celle-ci remplissait des petits pains frais de pâté et de feuilles de laitue.

— Excusez-moi, j'ai à faire dans la cuisine, intervint enfin Bianca. Je vous suggère de poursuivre votre conversation sur la terrasse. Lucy, quand Mark prendra sa douche, tu lui donneras une serviette propre...

— Oui, bien sûr ! acquiesça celle-ci, soudain affable et charmante.

Restée seule, Bianca s'activa tout en songeant à Joe Crawford. Elle avait conseillé à Lucy de l'éviter... Elle aurait tout intérêt à garder ses distances, elle aussi. Pourtant, elle se sentait obligée de le remercier d'être intervenu à temps, et d'avouer qu'elle avait eu tort de l'avoir si mal jugé. Le meilleur moyen d'exprimer sa gratitude était de lui fabriquer un gâteau, et de le lui porter avec un petit mot. Ainsi, elle serait soulagée d'un poids... S'il cherchait à reprendre contact avec elle... elle l'ignorerait. D'ailleurs, il ne se dérangerait pas. Il la trouvait jolie, il l'avait embrassée, mais cela ne signifiait rien. Rien du tout.

Comme l'avait supposé Bianca, Peter rentra ce soir-là d'Alicante, et il découvrit les deux sœurs en compagnie de son fils, au bord de la piscine de *Bellavista*. Plus tard, il proposa de les emmener dîner tous les trois au restaurant, mais Bianca refusa : Lucy n'était pas allée travailler le matin en prétextant une migraine, il serait maladroit de se montrer le soir même dans un lieu public, en pleine forme... Elle suggéra au contraire de leur préparer un repas à *Bellavista*. Mark et Lucy étant présents, Peter n'oserait pas franchir les limites de l'amitié...

Ils mangèrent dehors, devant le bassin qui, la nuit, était savamment éclairé par des lumières de toutes les couleurs dissimulées derrière les buissons fleuris. Après le café, Mark invita Lucy à danser à l'autre bout du patio, et Peter se tourna vers Bianca.

— Je suis étonné... et enchanté... par la transformation de Mark depuis notre dernière rencontre.

— S'il reste assez longtemps, il parviendra peut-être à exercer sur Lucy une influence bénéfique.

— Il compte demeurer ici quinze jours environ, m'a-t-il dit. On lui offre de participer à une affaire, et il me demande si je suis prêt à le cautionner pour une somme assez importante. A une époque, j'aurais refusé. Cependant, depuis plus d'un an maintenant, il se débrouille tout seul, et il a mis de côté tout l'argent de poche que je lui envoyais.

— De quelle entreprise s'agit-il ?

— C'est un atelier de menuiserie. Les meubles artisanaux sont très recherchés en ce moment. C'était la seule matière pour laquelle il se passionnait à l'école, pourtant je n'avais jamais envisagé cela comme la base d'une carrière.

— Travailler avec ses mains le comblera davantage que de produire des objets de façon industrielle... murmura-t-elle, songeuse.

Leur conversation s'orienta ensuite vers le jardinage, un sujet qui, en général, intéressait Bianca. Mais ce soir, tout d'un coup, elle avait envie de danser. Pas avec Peter, toutefois : il n'avait aucun sens du rythme...

Plus tard, réfugiée dans sa chambre, elle passa de longues heures à écrire une lettre à Joe. Ce n'était pas une tâche facile, et elle finit par déchirer tous ses brouillons, en repensant à ce qu'il lui avait dit le matin même au bord du quai.

Préférait-il réellement les filles comme elle ? Ou bien avait-il cherché à la provoquer ? S'il était sincère, elle ne rejoindrait jamais le rang de ses conquêtes, car, comparée à la plupart de ses contemporaines, elle était d'une innocence rafraîchissante. Mais, au fond, elle était folle de rêver ! conclut-elle en posant son bloc-notes sur sa table de chevet, et en s'efforçant de se concentrer sur le roman qu'elle était en train de lire.

4

Une semaine plus tard, Bianca arrosait les plates-bandes du jardin, lorsqu'une automobile s'arrêta devant le portail. La gorge sèche, le cœur battant, elle vit Joe en descendre.

— Bonjour ! Je venais vous remercier et vous féliciter pour vos talents de cuisinière ! commença-t-il en s'approchant d'elle. La marmelade que vous m'avez offerte améliore nettement mes tartines du petit déjeuner ; quant au gâteau, il me rappelle mon enfance, lorsque je recevais les colis de ma grand-mère au collège. Vous n'êtes pas une professionnelle, pourtant... ?

— Non, seulement un amateur éclairé, répondit-elle en souriant. C'est l'une de mes occupations favorites depuis mon installation en Espagne. Je suis heureuse que vous ayez apprécié mes œuvres, cependant il était inutile de venir jusqu'ici : c'était à moi de vous remercier !

— Je ne suis pas là uniquement dans ce but, mais pour vous inviter à faire de la voile avec moi. Vous m'avez avoué là-haut... expliqua-t-il en désignant d'un geste la montagne où elle s'était foulé la cheville... Vous m'avez avoué que vous n'étiez jamais montée à bord d'un voilier. C'est la chance de votre vie. Nous pourrions longer la côte jusqu'à une baie tranquille, nous baigner, déjeuner, et rentrer au port assez tôt, car je commence à travailler à vingt heures.

— Oh ! J'aurais tellement voulu accepter. Malheureusement, c'est impossible aujourd'hui.

Il haussa un sourcil ironique.

— Ne vous affolez pas ainsi, je n'avais pas l'intention de vous montrer mes dons de séducteur.

— Ce n'est pas cela. Une fois par semaine, je rends visite à une dame âgée, une voisine. J'aurais pu me dédire, mais c'est son anniversaire, et je ne veux pas la décevoir...

— Oui, bien sûr. Tant pis, remettons notre excursion à plus tard, et allons nager pendant une heure. Courrez vite chercher votre maillot, je termine ceci à votre place, ordonna-t-il en prenant le tuyau d'arrosage.

A la pensée de la mer, si bleue, sous le soleil éblouissant, Bianca se sentit faiblir. Dans sa chambre, elle commit une nouvelle lâcheté en choisissant son plus joli bikini. Elle saisit un panier, y jeta pêle-mêle une serviette, de la crème à bronzer et une trousse de maquillage ; puis elle ferma la maison à clé et gribouilla un message destiné à Ben, qu'elle colla sur la porte.

Son beau-père était parti au village acheter des cigarettes, et s'arrêterait probablement en route à la taverne, jusqu'à l'heure du déjeuner. Si, par hasard, il rentrait plus tôt, il trouverait une clé sous le paillasson près de l'entrée de la cuisine.

Devant la voiture, elle s'immobilisa, interdite, en reconnaissant l'un des véhicules d'une compagnie régionale de location.

— Vous n'avez pas loué cette automobile exprès pour moi, j'espère ?

— Pourquoi pas ? Cela m'arrive souvent, lorsque je souhaite me rendre à Alicante, ou dans les montagnes de Bernia.

— Mais c'est coûteux, et, pour aller à la plage, tout bêtement...

— Montez, taisez-vous et cessez de vous inquiéter inutilement. Vous n'avez rien à craindre. Je n'embrasse jamais les jeunes filles avant l'heure du déjeuner. L'autre matin, c'était une exception. Aujourd'hui, si vous restez calme, vous serez en toute sécurité avec moi.

Elle le regarda contourner la voiture, le sourire aux lèvres. Le véhicule était petit, mais à côté de Joe, si large et imposant, il devenait franchement minuscule.

— Comment se porte Lucy après notre petite querelle ? s'enquit-il. Je ne la vois plus du tout depuis quelque temps.

— Non, elle a peur de vous rencontrer. De plus, Mark Lincoln est de passage chez son père. Un garçon sympathique ; il a presque vingt ans, et… ils s'entendent à merveille.

— C'est donc un soulagement pour vous, du moins pour le moment. Cependant, vous avez d'autres problèmes, j'imagine ?

— Un seul… mon beau-père. C'est un alcoolique, et c'est pourquoi je refuse de retourner en Angleterre en lui laissant Lucy. D'ailleurs, je n'ai pas vraiment envie de partir. J'adore l'Espagne, je serais heureuse ici, en d'autres circonstances. Evidemment, je ne peux pas gagner ma vie… Enfin, pas comme là-bas…

— Que faisiez-vous ?

— Des recherches généalogiques. Il m'est impossible de continuer ici, et même mes aptitudes en dactylographie et en sténographie me sont inutiles, car je connais mal l'espagnol. Je suis là depuis neuf mois, me direz-vous, j'aurais donc pu apprendre ; toutefois j'ai passé tout ce temps au chevet de ma mère. Elle est décédée il y a trois mois ; à présent, je m'efforce de me perfectionner, malheureusement j'ai rarement l'occasion de mesurer mes progrès.

— Oui, c'est normal. Pour parler couramment, il vous faudrait vivre parmi les habitants, sans possibilité de vous réfugier auprès de vos compatriotes.

— Comme vous, lorsque vous avez servi dans la Légion ?

— Oui. J'étais avec un Allemand qui balbutiait quelques mots d'anglais, mais nous avons été séparés ; pendant un an j'ai donc parlé exclusivement l'espagnol.

— Pourquoi. vous êtes-vous enrôlé ? D'après Peter, vous aviez dix-huit ans, c'est très tôt pour prendre une décision de cette importance... Vous n'avez jamais eu peur de le regretter ?

— Oh, si ! Je me suis engagé à Madrid. Ensuite, nous sommes allés à Valencia, et, de là, nous avons été embarqués pour Fuerteventura, dans les îles Canaries. Pendant le voyage, je me suis dit que ces deux années seraient une éternité. Cependant, une fois sur place, j'ai joué le jeu.

Il ne lui avait toujours pas expliqué pourquoi il s'était porté volontaire, cependant elle n'osa pas le presser de questions. En l'observant à la dérobée, elle se demanda comment il était, à dix-huit ans... Aussi grand, aussi fort, mais peut-être moins sévère, moins sûr de lui.

Je suis folle ! songea-t-elle, je le transforme en Superman sans même le connaître ! Il doit avoir des défauts, comme tous les hommes ! Son attitude générale envers les femmes, par exemple. Et son incapacité à s'installer dans un endroit précis, de manière stable...

Mais, au moins, il profitait de la vie !

Le cheminement de ses réflexions l'effrayait. Pourtant, en toute honnêteté, elle avait su dès leur première rencontre que cet homme aurait le pouvoir de chavirer son cœur. Aurait-elle la force de maîtriser ses émotions ?

Joe l'emmena sur une petite plage à l'abri d'une falaise, où l'eau était transparente sur les galets. En ôtant sa robe, Bianca se sentit observée par Joe, et elle fut heureuse d'avoir acheté ce joli maillot bien coupé, qui mettait en valeur sa fine silhouette.

Ensemble, ils avaient marché pendant quelques mètres, puis Joe avait plongé, et elle l'avait imité. Elle avait émergé longtemps avant lui et l'avait cherché des yeux, vaguement anxieuse. Cependant, il nageait à la perfection, d'un mouvement large, précis... Elle se laissa flotter sur le dos, savourant le soleil sur son visage bruni, et le silence. Soudain, elle l'entendit qui revenait, et ouvrit les paupières.

— Vous venez prendre un rafraîchissement au bar ? proposa-t-il.

Elle acquiesça d'un signe de tête, et ils se dirigèrent vers la terre ferme. Joe lui tendit la main pour l'aider à marcher sur les galets.

Il était fort courtois, elle l'avait déjà remarqué. Il lui avait parlé des colis envoyés au collège par sa grand-mère. De quel milieu social était-il issu ? Pourquoi un homme comme lui, en apparence intelligent et cultivé, s'obstinait-il à vivre en bohême et à gagner péniblement sa vie en jouant du piano ?

Après s'être séchée vigoureusement avec son drap de bain et avoir remis sa robe, Bianca passa un peigne dans ses cheveux coiffés à la garçonne. Dans quinze minutes, ils seraient de nouveau impeccables.

Ils s'assirent ensuite à la terrasse, où une table venait de se libérer à l'ombre d'un parasol. Joe commanda une bière pour lui, et, pour elle, un verre de rosé.

— Vous voulez des *calamares* ? s'enquit-il.

— Volontiers, si nous partageons la note.

— Je ne conduis pas une Mercedes, mais je ne suis pas un clochard, et j'ai de quoi vous offrir quelques *tapas,* protesta-t-il.

Elle n'avait pas voulu le vexer. Elle devait surveiller son budget, et supposait donc qu'il en était de même pour lui. Peut-être s'était-elle trompée...

— Parlez-moi de généalogie, l'encouragea-t-il lorsque le serveur leur eut apporté les boissons.

— La plupart des clients de mon patron ne s'intéressaient pas à l'historique de leur famille pour des raisons snobs d'argent ou de titres, ils voulaient surtout retrouver leurs racines. Dans notre société, nous sommes de plus en plus mobiles, nous vivons dans des villes inhumaines, et nous avons faim de traditions. Autrefois, les gens vivaient de façon tranquille, stable, et ils avaient le sens de la communauté.

— Comment retracez-vous le passé de ces personnes ?

— C'est parfois d'une simplicité enfantine, parfois très compliqué.

Elle lui expliqua donc comment elle s'y prenait. Elle lui décrivit la sensation d'excitation qui s'emparait d'elle quand un indice la menait à une découverte passionnante, le découragement éprouvé devant les pertes de temps ou les fausses pistes. Pour la première fois depuis son arrivée en Espagne, elle avait devant elle un homme qui s'intéressait à elle, à son passé, et elle se rendit subitement compte qu'elle n'avait pas cessé de parler depuis le début. Elle lui demanda si elle ne l'ennuyait pas trop.

— Pas du tout ! la rassura-t-il. Un spécialiste n'est jamais ennuyeux lorsqu'il s'exprime sur sa passion. D'ailleurs, si j'en avais eu assez de vous écouter, je me serais contenté de vous regarder.

Confuse, elle se pencha sur son assiette pleine de *calamares* frits. Dieu merci, la terrasse était pleine de monde. Si l'examen lent et mesuré de Joe sur sa personne l'émouvait à ce point, comment réagirait-elle s'il lui venait l'idée de la toucher ?

— Je vais vous présenter à mon vieil ami Rufus Fischer, déclara Joe. Il aura bientôt quatre-vingts ans, mais il en paraît à peine soixante. Il cherche quelqu'un capable de dactylographier ses mémoires. Ce travail vous intéresserait-il ? Il vous paierait bien. Si vous n'avez pas de machine à écrire, vous emprunterez la mienne.

— J'ai apporté la mienne avec moi. Oui, je serais enchantée...

— Il n'est pas là, sinon je vous emmènerais tout de suite à bord !

— Ah ? Il vit dans un bateau, lui aussi ?

— Oui, il a passé toute sa vie en mer. Il est né sur un voilier, et il a la ferme intention d'y mourir.

— Je pourrais revenir demain à bicyclette. Cela m'arrive souvent, quand je vais nager.

— Vous devez mourir de chaleur sur le trajet du retour, non ?

— Oui, je serai obligée de renoncer à mes baignades matinales au mois d'août, si je suis encore là.

— Lucy ne connaît personne en Angleterre susceptible de l'accueillir pendant un ou deux ans ?

— Non, personne ; d'ailleurs, elle n'a pas du tout envie d'y aller. Elle se plaît ici. La perspective de travailler de neuf heures à cinq heures, tous les jours, dans un pays humide et triste ne l'attire guère.

— L'alcool n'est pas cher en Espagne, votre beau-père, avec ses mauvaises habitudes, a mal choisi son lieu d'habitation.

— En effet. Cependant, de temps à autre, quand il est de bonne humeur, il arrive à peindre. Il est capable d'achever un tableau en une matinée, et de le vendre plus de mille pesetas, ce qui est bien.

— Très bien, même.

— En Angleterre, c'est impossible. Si je devais vendre la villa maintenant, leur situation serait dramatique.

— La maison est à vous ?

— Oui, elle appartenait à ma mère, pas à Ben. Il louait un appartement, avant d'épouser ma mère.

Peu après, Joe proposa de la reconduire chez elle. En la déposant devant la grille, il se tourna vers Bianca.

— Nous prendrons rendez-vous pour faire de la voile, quand je vous verrai demain.

Ben avait contemplé cette courte scène depuis la

véranda, et il accueillit sa belle-fille avec un large sourire.

— Tu as trouvé un petit ami, Bianca ?

— Non, non. C'est une relation de Peter. Il pense pouvoir m'offrir un poste de secrétaire. Je m'efforce d'économiser le plus possible, Ben, mais la vie est coûteuse, et il faudrait repeindre l'extérieur de cette villa. Si tu ne te remets pas à produire quelques œuvres, nous aurons du mal à nous en sortir.

— Oh, tais-toi, ma fille, et cesse de gémir ! marmonna-t-il. Tu as hérité des défauts de ton père, il me semble. Carla ne se plaignait jamais, elle ne discutait pas d'argent comme toi. Lucy te donne tout ce qu'elle peut, et moi, je me débrouille tout seul. Tu es la seule à ne pas travailler.

Sur ces mots, il avala le fond de son verre de whisky et disparut dans le salon s'en verser un autre. Bianca poussa un profond soupir. Discuter avec Ben était une perte de temps. Elle ne le supportait plus, et l'aurait volontiers mis dehors, mais elle avait promis à sa mère de s'occuper de Lucy.

Joe était sur le pont de son voilier, lorsque Bianca arriva au port le lendemain matin. Il ne la vit pas s'approcher, car il était recroquevillé sur lui-même : il recousait un bouton. Une chemise et un short étaient accrochés sur un fil. Quel plaisir de vivre avec un homme assez courageux pour laver son linge et repriser ses chaussettes ! pensa-t-elle.

— Bonjour !

— Ah, Bianca, bonjour ! répondit-il en souriant. J'arrive tout de suite !

Il jeta de côté son attirail de couture, et vint vers elle dans sa barque, accompagné cette fois de son chien. Celui-ci bondit sur le quai, et gambada en remuant la queue autour de la jeune fille.

— Ne le caressez pas encore, il se méfie des gens qu'il

ne connaît pas, prévint Joe. Ce pauvre Fred n'a pas eu que de bonnes expériences avec les humains. Il est avec moi depuis plus d'un an, mais il demeure sur ses gardes.

Il lui serra la main, mais ne la relâcha pas ; Bianca se sentit profondément troublée, et feignit péniblement le plus grand détachement.

— Que lui est-il arrivé ?

— Je l'ai découvert dans un sac de toile, au milieu d'une clairière en Angleterre. Son maître l'avait abandonné. S'il n'avait pas été aussi faible, il m'aurait mordu.

— Oh ! Comment peut-on être si cruel !

— Je me le demande... Enfin, Fred a survécu, et je l'ai emmené. Par chance, il a le pied marin.

Il y eut un court silence.

— Vous avez toujours ma main dans la vôtre, murmura Bianca.

Joe plongea son regard dans le sien, en souriant.

— Cela vous déplaît ?

— Je... Cela doit paraître curieux...

— Personne ne nous a vus, l'autre fois...

— Si nous allions voir votre ami ? suggéra-t-elle, rougissant au souvenir de ce baiser fulgurant.

— D'accord ! Fred ! Viens...

Le bateau vers lequel il la conduisit s'appelait le *Pago Pago*.

— Cela se prononce Pango-Pango, expliqua-t-il. C'est un port perdu dans les mers du sud.

Contrairement à *la Libertad*, le *Pago Pago* était amarré au bord du quai. Fred s'y précipita sans hésiter, descendit dans la cabine et remonta aussitôt, suivi du propriétaire. Si Joe ne lui avait pas dépeint Rufus Fischer la veille, elle aurait pris ce dernier pour un homme à peine retraité.

— Miss Dawson, je suis enchanté de vous connaître ! s'exclama-t-il quand Joe eut achevé les présentations. Notre ami m'a laissé espérer que vous accepteriez de m'aider. Venez par ici, fit-il en lui tendant une main pour la hisser à bord.

Tout était propre, bien entretenu, impeccable, comme chez Joe. Etait-ce une qualité particulière aux marins, ce sens inné de l'ordre ? Cependant, elle ne pouvait en dire autant de la valise qu'il ouvrit devant elle, et où étaient empilés des papiers et des dossiers de toutes formes et de toutes tailles. Sa première tâche serait de les classer...

— Vous pouvez me rendre ce service, Miss Dawson ?

— Bien sûr.

— Formidable ! Quand commencez-vous ?

— Maintenant, si vous voulez...

— Parfait ! Je vous abandonne pour aller au marché. Je rentrerai vers midi. Ne vous gênez pas, si vous avez envie d'un café ou d'une boisson fraîche pendant mon absence. Tout est là, précisa-t-il en lui montrant les minuscules placards aménagés dans les parois de la cabine.

— J'ai deux ou trois courses à faire aussi, intervint Joe. Je vous accompagne. A tout à l'heure, Bianca !

Les deux hommes débarquèrent, laissant la jeune fille se débrouiller avec sa malle de documents.

Une heure plus tard, alors qu'elle commençait enfin à avoir une idée générale sur ce que contenait cet assortiment hétéroclite de papiers, et à envisager la meilleure façon de les mettre en ordre, elle entendit quelqu'un marcher sur le pont supérieur.

— Tout va bien ? s'enquit Joe en descendant dans la cabine.

— Quel assemblage fascinant de souvenirs ! s'exclama-t-elle. J'ai même découvert des bulletins datant de ses premières années à l'école !

Joe jeta un coup d'œil sur la pile de lettres, chacune soigneusement repliée dans des enveloppes arborant des timbres de toutes les parties du monde, et adressées à Mme Hugo Brett.

— Mme Brett était sa sœur ; c'est elle qui a tout gardé. C'était une collectionneuse incorrigible. Elle est morte il y a peu de temps ; en rentrant en Angleterre régler ses affaires, Rufus a fouillé dans une commode où il a trouvé tout ceci. Il a pensé que cela l'aiderait à écrire ses mémoires.

— Je vois... Je m'étonnais car, pour un marin, il est étrange d'amasser tant de choses : ils n'ont jamais de place pour les ranger !

— C'est vrai. A terre, les gens se laissent facilement ligoter par leurs possessions. A la longue, cela devient encombrant. Personnellement, je voyage « léger », et je vis « léger ». Jamais de bagages en supplément...

Une épouse serait-elle considérée comme un « supplément de bagages ? » se demanda Bianca malgré elle.

— Pourtant, sans objets auxquels on tient, comment peut-on rendre agréable son chez-soi ? rétorqua-t-elle.

— Certes, mais de là à transformer sa maison en musée... Vous vous êtes servi un café ?

— Non, j'étais trop absorbée par mon travail.

— J'en prépare pour nous deux.

Elle s'attendait, avant de prendre le chemin du retour, à ce qu'il organise leur prochaine excursion à bord de son voilier, mais il n'y fit aucune allusion. Avait-il oublié sa promesse ? Ou bien avait-il simplement changé d'avis ?

Le lendemain, elle se rendit de nouveau chez Rufus Fischer, et entreprit de ranger divers papiers classés dans des sacs en plastique. Certaines des lettres étaient marquées de tampons indéchiffrables, et elle le fit remarquer au vieil homme.

— Regardez à l'intérieur, la date est inscrite, conseilla-t-il. Surtout ne vous gênez pas, rien de cela n'est secret. D'ailleurs, je vous serais très reconnaissant de m'aider à les lire, et de mettre de côté celles susceptibles de contenir des renseignements intéressants pour la suite... Vous vous demandez certainement pourquoi un vieux fou comme moi perd son temps à écrire ses mémoires, reprit-il un peu plus tard. Tout d'abord, cela me servira d'exercice : trop de gens, une fois à la retraite, permettent à leur cerveau de se rouiller. De plus, n'ayant jamais eu ni femme ni enfants, je tiens à laisser un souvenir à la postérité. Mes gribouillis ne seront pas édités tout de suite, c'est évident, mais si je les dépose chez un archiviste, d'ici deux ou trois cents ans, qui sait ? Mes remarques éclaireront peut-être ceux qui voudront apprendre comment on vivait à notre époque...

Il l'observa d'un œil critique sous ses sourcils blancs et broussailleux.

— Et si vous désirez savoir pourquoi je suis resté célibataire, ce n'est pas par indifférence vis-à-vis des femmes. La seule que j'ai eu envie d'épouser était déjà mariée. Aujourd'hui, sans doute, nous aurions surmonté cet obstacle sans difficulté ; en ce temps-là, c'était trop compliqué. Et vous, jeune fille ? Etes-vous de cette nouvelle race de femmes qui refusent la protection des hommes ?

— Je n'ai pas besoin d'un homme auprès de moi, cependant j'apprécierais de ne pas vivre seule. Je suis heureuse de ne pas être née dans un siècle où mes parents m'auraient imposé un mari. A mes yeux, le mariage n'est pourtant pas une notion dépassée et stupide.

— Excellent point de vue... plein de bon sens, approuva-t-il. Remarquez...

De l'endroit où il était assis, il apercevait les gens qui passaient le long du quai, et il s'interrompit pour héler quelqu'un et l'inviter à venir boire un verre à bord.

Quelques instants plus tard, Joe apparut, souriant, en tenue décontractée, une serviette de bain sous le bras. Rufus sortit trois bouteilles de bière fraîche.

— Nous parlions du mariage. Qu'en penses-tu, Joe ?

— Si je trouvais une veuve suffisamment riche pour

m'entretenir pendant plusieurs années, je l'épouserais immédiatement, plaisanta son interlocuteur.

Rufus s'esclaffa, et Bianca se joignit à leur gaieté, mais le cœur n'y était pas. Si le vieil homme riait, c'était sans doute parce qu'il se réjouissait d'avoir posé une question pertinente afin d'avertir Bianca des dangers qu'il y avait à s'éprendre d'un individu comme Joe Crawford.

Celui-ci ne resta pas longtemps, et il ne réitéra pas sa proposition de l'emmener sur son voilier. Elle ne le vit pas le lendemain et, le jour suivant, elle se rendit compte que *La Libertad* n'était pas au port.

Le soir même, dernière soirée de Mark parmi eux, Peter offrit à son fils, à Bianca et Lucy, un dîner au restaurant.

Bianca portait une robe en crêpe de Chine des années folles, que sa mère avait dénichée chez un marchand de friperie. La jeune fille avait arrangée la toilette à sa manière, afin de la rendre un peu plus moderne, mais l'ensemble lui conférait un air « rétro » tout à fait charmant.

— Vous êtes toujours habillée pour la circonstance, déclara Peter en l'examinant d'un regard admiratif.

— Merci...

Pourvu que, en dépit de la présence de Mark et Lucy, il n'aborde pas le sujet tant redouté !

Ils commencèrent par une soupe froide à l'avocat. Tout en mangeant, Bianca contemplait la salle d'un œil distrait quand, à sa grande surprise, elle vit un serveur s'incliner devant Joe. Celui-ci n'était pas seul. Une femme se tenait à ses côtés, élégante et raffinée. Ils s'installèrent à une table pour deux.

L'inconnue avait quelques années de plus que Joe, et affichait tous les signes extérieurs de la fortune. L'énorme solitaire étincelant à sa main gauche, sa robe blanche, d'une sobriété exemplaire, ses chaussures fines en crocodile, assorties à son sac, ses ongles manucurés, sa coiffure... tout en elle exhalait un parfum de luxe et d'abondance.

Joe... Joe Crawford aurait-il trouvé la veuve richissime dont il avait parlé ?

Craignant d'être surprise en flagrant délit d'indiscrétion, Bianca détourna vivement la tête. Lorsqu'elle tenta à nouveau de les observer de loin, ils se portaient un toast, au champagne... Puis elle aperçut Joe qui posait sa main sur celle de sa belle compagne, et qui la portait à ses lèvres...

Le visage de cette femme reflétait une joie sereine. S'ils n'avaient pas encore une liaison, cela ne saurait tarder, songea Bianca...

— Vous ne semblez pas apprécier votre *paella*, murmura Peter.

— Oh, si, bien sûr ! mentit-elle avec empressement.

Lucy était amoureuse de Mark, c'était visible à présent, et Bianca regrettait le départ de ce garçon sympathique. Il avait eu sur sa demi-sœur une influence bénéfique...

— Je ne serai pas seul longtemps, déclara soudain Peter. J'ai eu des nouvelles de Philip aujourd'hui. Il vient passer une semaine à *Bellavista* avec Janet. Il arrive samedi prochain.

Bianca n'avait pas encore rencontré le fils aîné de Peter et son épouse, mais elle en avait beaucoup entendu parler.

— Ils amènent leurs enfants ? s'enquit-elle.

— Non, les petits iront chez leurs grands-parents maternels. Philip et Janet ont besoin de repos, après un hiver particulièrement rude. A propos, avant de partir ce soir, rappelez-moi de réserver une table pour nous quatre pendant leur séjour.

Il déduisait, sans lui poser la question, qu'elle était libre. Et elle était libre ! pensa-t-elle avec désespoir. Le seul homme avec qui elle aurait aimé passer une soirée était occupé ailleurs. Du reste, il n'avait certainement pas de quoi lui offrir un repas dans un restaurant de cette sorte... La riche inconnue paierait la note, probablement...

— Je vais aux lavabos, annonça Lucy. Tu m'accompagnes, Bianca ?

Celle-ci se leva et lui emboîta le pas. Quand elles furent seules, Lucy se tourna vers sa demi-sœur avec enthousiasme.

— Tu sais combien de fois tu as essayé de me convaincre d'aller m'installer en Angleterre... Eh bien, c'est décidé ! Mark m'assure que je m'amuserai beaucoup là-bas. La sœur d'un de ses amis a un appartement, et il va se renseigner pour voir si elle peut me louer une chambre.

— Pourquoi pas ? Mais il devrait aussi s'informer des possibilités pour toi de trouver du travail.

La salle du restaurant était agencée de telle sorte qu'un îlot de tables était disposé au centre, encerclé d'allées très étroites pour le service. En se rendant aux lavabos, les deux jeunes filles avaient emprunté la voie la plus directe. A présent, malheureusement, un groupe de personnes bloquait le passage. Plutôt que de se frayer un chemin parmi eux, Lucy préféra passer de l'autre côté, et Bianca fut dans l'obligation de la suivre. Pourvu que Joe ne les aperçoive pas, quand elles dépasseraient sa table ! Elle fixa résolument son regard sur le dos de Lucy, espérant ne pas être reconnue.

— Bonsoir, Bianca...

— Ah... euh... Bonsoir ! répondit-elle en affectant l'étonnement.

— Helen, je te présente Bianca Dawson. Helen admire beaucoup les œuvres de votre mère.

— J'en possède plusieurs, précisa celle-ci en souriant. J'en achetais une à chaque exposition. Je suis désolée d'apprendre qu'il n'y en aura plus. Certains tableaux plus anciens reviendront peut-être un jour sur le marché...

— Je ne vous ai jamais parlé de ma mère ! s'exclama la jeune fille en se tournant vers Joe.

— Non, quelqu'un d'autre s'en est chargé.

— Ah, oui... Vous venez vous installer en Espagne, madame ?

— Non, j'ai seulement l'intention d'acheter une résidence secondaire, dans le sud, aux alentours de Marbella, par exemple. Ici, c'est plutôt calme. Selon Joe, nous sommes dans l'unique restaurant de classe...

— Oui. Il en existe d'autres, plus modestes... des établissements de pêcheurs. La nourriture y est excellente, mais l'ambiance assez pénible.

Et Bianca n'imaginait pas du tout cette femme sophistiquée savourant un repas servi sur une table couverte d'une toile cirée, avec le bruit d'une télévision branchée dans un coin, et des altercations entre villageois. Sa mère, en revanche, y prenait un grand plaisir. Cependant, Carla avait le don de savoir profiter de tout dans la vie...

— Puis-je vous donner ma carte ? suggéra l'inconnue. Si jamais vous appreniez qu'une des œuvres de votre mère est à vendre, prévenez-moi... Et si vous passez à Londres, appelez-moi, je vous montrerai ma collection personnelle.

— Merci. Passez un bon séjour. Bonsoir...

Sur ces mots, avec un dernier sourire adressé à ses deux interlocuteurs, Bianca rejoignit la table de Peter.

Ni Peter ni Mark ne se levèrent à son arrivée... Elle ne put s'empêcher de comparer leurs manières à celles de Joe Crawford. Néanmoins, évidemment, lorsqu'on a pour but de séduire une veuve fortunée, on s'attache à tous ces détails...

— Tiens ! il peut s'offrir un repas ici... déclara Peter, tandis qu'elle s'asseyait. Les pianistes sont peut-être mieux payés que je ne le supposais. Qui est avec lui ?

Bianca consulta la carte de visite.

60

— Mme Anthony Russell, de Londres. Elle collectionne les tableaux de maman.

— Comment savait-elle qui vous étiez ?

— Joe le lui a dit. Pourtant, je ne lui en avais pas parlé.

Pendant son absence, Peter avait commandé d'autres cafés et des digestifs. Lorsqu'ils furent servis, il reprit la parole.

— Ils ont dû se rencontrer chez *El Delfin*.

— C'est possible, répliqua Bianca, n'ayant aucune envie de poursuivre la conversation sur ce sujet... Mark a réussi là où j'ai toujours échoué : Lucy est enfin persuadée qu'elle vivra mieux en Angleterre.

Peter jeta un coup d'œil en direction des deux jeunes gens, qui étaient absorbés dans une discussion animée.

— A mon avis, il ne lui a pas rendu le meilleur des services. Ici, elle n'a pas une vie saine, mais au moins, les risques sont limités. Toute seule à Londres, à son âge, Dieu sait ce qui pourrait lui arriver !... Mark a enfin retrouvé ses esprits, je ne tiens pas à ce qu'elle le fasse dévier de la route qu'il s'est choisie.

Il revint sur cette discussion un peu plus tard, quand Lucy et Mark se réfugièrent à l'autre bout de la terrasse de *Bellavista* pour danser.

— Pour reprendre là où nous en étions restés, je ne suis pas content de l'évolution de cette situation. Lucy n'est pas intelligente, elle n'a aucune culture ; en plus, pour parler en toute franchise, elle a un père alcoolique ! Plus il vieillira, plus il représentera un problème.

— Vous n'avez pas essayé de décourager Mark, j'espère ?

— Non, et je ne lui dirai rien pour le moment. Je ne voudrais pas gâcher l'amélioration de nos rapports. De toute façon, d'ici une semaine, il aura oublié Lucy.

— Peut-être...

Elle annonça ensuite son intention de rentrer à la *Casa Mimosa*, et Peter insista pour l'y conduire. A son immense désarroi, il glissa un bras sous son coude pour accomplir la courte distance à pied.

— Il existe une seule personne pour qui je serais prêt à tout, même à aider Ben Hollis. A mon avis, il est déjà trop tard, mais si vous jugez bon de le mettre dans une clinique spécialisée pendant quelques mois...

— Il n'y consentira jamais. Ben n'admet pas la gravité de son problème, interrompit-elle en accélérant le pas, pour écourter cette conversation. La *paella* était délicieuse, ce soir, n'est-ce pas ? Elles sont tellement variables, d'un établissement à l'autre... Oh, Peter, non...!

Car il l'avait forcée à s'immobiliser et la tenait tout contre lui. Elle pouvait encore le repousser, mais en aucun cas elle ne voulait le peiner, ou l'humilier.

— La dernière fois, le moment n'était guère propice, tout cela manquait de romantisme, murmura-t-il à son oreille. J'ai parlé de points communs entre nous... Ce soir, vous étiez sublime, la plus jolie femme du restaurant...

On aurait dit un mauvais acteur dans un film d'amateurs. Les mots sonnaient faux... Elle se dégagea de son étreinte.

— Je vous en supplie, écoutez-moi. Je vous aime beaucoup... en tant qu'ami. Jamais je ne vous épouserai. Nous ne sommes pas faits l'un pour l'autre.

— Je refuse de le croire. Nous nous sommes toujours entendus à merveille.

— En tant qu'amis, insista-t-elle...

— Je connais le véritable motif de votre refus... Vous êtes folle de ce vaurien qui dînait au même endroit que nous ce soir. Je ne suis pas complètement idiot, Bianca. J'ai vu la façon dont vous êtes passée devant lui... en feignant de ne l'avoir pas aperçu plus tôt. Et quel air vous avez eu, lorsqu'il vous a arrêtée ! Reprenez vos esprits ma chère ! Cet homme ne s'intéresse qu'aux femmes faciles !

— La jalousie — surtout quand elle est mal fondée — vous sied mal, Peter, riposta-t-elle d'un ton sec. Je vous ai déjà expliqué que je ne vous aimais pas, mais, en supposant le contraire, j'hésiterais avant de répondre oui à un homme capable de se mettre dans un état pareil pour rien ! Bonsoir !

Elle se détourna vivement et il lui emboîta le pas.

— Je ne suis pas jaloux, Bianca. Cette fois, c'est différent ; je suis malheureux de vous voir gaspiller votre vie pour un goujat ! Il n'a aucune qualité !

— Si, du courage !

— Je n'en suis pas si sûr. Il n'est peut-être pas devenu légionnaire par bravoure. Nous n'en savons rien, mais il a pu recevoir une peine de prison en Angleterre...

— Il avait dix-huit ans, et, si j'ai bien compris, il sortait du collège.

— D'où tenez-vous cela ? S'il vous a raconté qu'il était à Eton, cela confirme mes soupçons : c'est un menteur !

— Vous étiez moins sévère envers lui, quand vous ne m'accusiez pas d'être éprise de lui !

— Oh ! vous ne l'aimez pas, ce n'est qu'un désir physique, j'en ai la certitude. Vous le connaissez comme un acteur de cinéma. Il est du genre « macho » comme on dit, et c'est cela qui vous sensibilise à ce point !

Livide de rage, elle rétorqua avec véhémence :

— Ne soyez pas grossier, je vous en prie !

— Excusez-moi ; cependant cet homme n'est qu'un bon à rien, un incapable. Il devrait se rendre utile, au lieu de pianoter et de séduire les femmes vulnérables. S'il a été à Eton — ce dont je doute — il aura probablement été renvoyé pour quelque mauvaise action.

— Il n'a jamais précisé qu'il avait été dans cet établissement. Il m'a simplement avoué que mon gâteau aux fruits lui rappelait ceux que lui envoyait sa grand-mère au collège. J'en ai donc conclu qu'il avait été pensionnaire.

— Ah ? Vous lui confectionnez des gâteaux, maintenant ? Vous lavez peut-être aussi ses chemises et ses chaussettes ?

— Il s'occupe lui-même de son linge, je suis heureuse de pouvoir l'affirmer. Et il ne porte pas de chaussettes !

Bianca ne supportait pas la manie de Peter d'en mettre avec ses sandales, à la saison fraîche...

— Le gâteau, c'était en guise de remerciement, ajouta-t-elle. Il m'a été d'une aide précieuse, le jour où je me suis foulé la cheville.

Elle ne voulait pas lui raconter le second incident à propos de Lucy, car bien que cela puisse montrer Joe sous un jour favorable, l'image de sa demi-sœur en serait davantage ternie.

— Vous n'en avez jamais fait autant pour moi, répliqua-t-il, d'un air bouddeur.

C'était une remarque stupide : d'une part, il avait horreur des sucreries, d'autre part sa gouvernante Juanita se chargeait de lui préparer tous ses plats préférés. Le sens de l'humour de Bianca faillit l'emporter sur son irritation. Elle se ravisa à temps : rire aux éclats exacerberait encore la fureur de Peter, provoquée par une jalousie farouche.

— Je vous en prie, Peter, répondit-elle d'un ton apaisant, ne gâchons pas cette belle soirée par une querelle. J'ai déjà suffisamment de problèmes comme cela. Si notre amitié vous est aussi précieuse qu'à moi, vous devrez vous en tenir à cela... l'amitié pure.

— Je ne l'accepte pas. Pourquoi m'imposer des conditions ? Je vous aime, Bianca. Vous apprendrez à m'aimer, vous aussi, j'en ai la certitude.

— On ne peut pas forcer quelqu'un à aimer. Cela arrive, ou cela n'arrive pas. Oh ! Peter, je vous en supplie, soyez réaliste. Quand j'aurai l'âge que vous avez aujourd'hui, vous aurez soixante-dix ans! Vous serez un vieil homme!

— Certains septuagénaires sont plus jeunes que les quadragénaires!

À présent, Bianca perdait patience. Elle poussa un profond soupir.

— Tout le monde chuchotera que je vous ai épousé pour votre argent. Si cela ne vous gêne pas, moi, cela me répugne! Je serais très mal à l'aise face à ces rumeurs malveillantes...

— Les mauvaises langues ne se priveront pas de colporter que vous confectionnez des gâteaux pour Joe Crawford.

— *Un* gâteau, et les marins n'apprécient pas les commérages, ils ont trop d'occupations pour perdre ainsi leur temps. Il est tard, je suis fatiguée. Merci pour ce repas, et bonne nuit...

Sur ce, elle tourna les talons. À son immense soulagement, Peter eut la bonne idée de demeurer immobile. Mais, lorsqu'elle se retourna une dernière fois à la porte d'entrée, il était toujours là...

En se démaquillant, elle repensa à cette vive discussion dans le jardin. Elle regrettait de s'être emportée, cependant pour un homme de cette maturité et de cette classe, Peter avait singulièrement manqué de tact. Elle contemplait son reflet dans la glace, quand un coup frappé à sa porte la tira subitement de sa rêverie. Lucy entra dans la chambre.

— Puis-je te parler?

— Oui. Tu rentres tôt...

— M. Lincoln a ordonné à Mark de me ramener. Il voulait bavarder en tête à tête avec lui. Vous vous êtes disputés?

Bianca sentit la colère l'envahir. Ah non! Peter n'allait tout de même pas se venger sur son fils et sur Lucy?

— Un léger différend... sans gravité. Oh! Lucy, je

vais être franche avec toi. Peter se sent affreusement seul dans cette énorme villa. Il souhaite se remarier, et il a jeté son dévolu sur moi. Je ne suis pas d'accord.

— Je te comprends ! ironisa sa demi-sœur. Voyons... Il a presque l'âge de Papa, non ?

— Il est plus âgé.

L'abus d'alcool et le manque d'exercice physique avaient contribué à vieillir Ben de dix ans au moins... Peter, au contraire, très soucieux de sa santé, se rajeunissait...

— Peter n'a probablement jamais été beau, même autrefois, déclara Lucy... Mark a hérité de sa mère sur ce plan. J'aimerais tant partir avec lui demain. Je n'hésiterais pas un seul instant, s'il me proposait de m'emmener avec lui. Malheureusement, il ne veut pas... Il dit que je suis trop jeune.

— Un bon point pour Mark ! Il t'aime sans doute beaucoup, et désire pour toi ce qu'il y a de mieux...

Bianca se rendait au port chaque matin, mais elle ne revit pas Joe Crawford avant une semaine. Ils se rencontrèrent au moment où elle débarquait du *Pago Pago*. Joe traînait derrière lui un tonneau vide prêté par les autorités maritimes, afin de permettre aux marins de se réalimenter en eau potable. Il allait le remettre à sa place, et Bianca n'eut pas d'autre solution que de marcher à ses côtés.

— Quand venez-vous essayer mon voilier ? s'enquit-il après lui avoir demandé comment elle s'entendait avec Rufus Fischer.

— Je vous croyais occupé à montrer à Mme Russell les sites touristiques de la région ?

Il l'observa à la dérobée, une lueur énigmatique dans ses yeux noisette.

— Je l'ai conduite ici et là pendant un ou deux jours, c'est exact ; à présent, elle est en Andalousie. Serez-vous libre, demain, après avoir travaillé pour Rufus ?

Bianca marqua une hésitation, au souvenir de leur toute première conversation. Son invitation cachait-elle d'autres intentions, moins avouables ? Si elle acceptait, interpréterait-il cela comme un consentement tacite à ses avances ? Les tirades de Peter avaient-elles été inspirées par une simple explosion de jalousie ? Ou bien avait-il correctement jugé Joe Crawford ?

— Très bien. Demain, après mon travail, acquiesça-t-elle enfin.

— Ne vous inquiétez pas pour le repas, je me charge du déjeuner. Apportez votre maillot et de la crème. Vous êtes déjà bronzée, mais, sur l'eau, le soleil est encore plus féroce... Ah ! Prévenez votre famille que vous risquer de rentrez tard !

Le lendemain matin, elle annonça à Rufus que Joe l'emmenait faire de la voile.

— Vous y prendrez un grand plaisir, assura-t-il. *La Libertad* est un bateau admirable, et Joe est un marin de grande classe.

— Pourquoi ne pas nous accompagner ?

— C'est gentil de me le proposer, ma chère enfant, toutefois, à mon avis, notre ami préfèrera vous avoir pour lui tout seul.

— Oh, non, non, je ne pense pas... Enfin, moi je n'ai pas envie de l'avoir pour moi toute seule...

— Vous avez un ami qui vous attend en Angleterre, c'est cela ?

— Oh, non.

Les mots moururent sur ses lèvres : elle ne savait plus quoi lui dire, ni par où commencer. Cependant, elle avait eu l'occasion de le constater à plusieurs reprises, Rufus était un homme perspicace. Il avait senti ce qui la tourmentait.

— Ne vous affolez pas, ma petite, Joe saura se tenir. C'est un chenapan, en un sens, mais c'est aussi un garçon honnête ; un parfait gentleman, en ce qui concerne les femmes...

— Vous le croyez vraiment ?

Elle demeurait sur ses gardes : le vieil homme n'avait eu aucun mal à déchiffrer ses pensées secrètes, mais connaissait-il la véritable nature de Joe ?

— Bien sûr, il osera peut-être une tentative, reprit-il, une étincelle rieuse dans les yeux. S'il n'essayait pas, ce serait un grave symptôme. Vous êtes une jeune fille charmante, on vous l'a sans doute répété mille fois déjà. Néanmoins, Joe connaît les limites de la bienséance, surtout si vous avez clairement exprimé votre désir d'en rester à des rapports amicaux.

— Vous avez rencontré son amie, Mme Russell, au cours de son séjour ?

— Oui, évidemment. Ils n'ignorent pas que j'ai un faible pour la nourriture orientale, et ils m'ont très gentiment invité à me joindre à eux pour dîner dans un restaurant vietnamien. Mme Russell est une femme exquise, cultivée, raffinée. Si j'ai bien compris, avant la mort de son mari, elle a voyagé partout dans le monde avec lui. Vous lui avez été présentée, vous aussi ?

— Nous n'avons pas eu le temps de bavarder... Savez-vous comment elle a connu Joe ? poursuivit-elle, curieuse d'en apprendre plus sur cette veuve mystérieuse.

— En Grèce, me semble-t-il... Ou plutôt, sur la mer Egée...

— Ah ? Pas ici ?

— Oh, non... Ils se connaissent depuis de longues années, je crois. Je me rappelle les avoir entendus vanter les mérites de ce coin de la Méditerrannée. Peut-être se sont-ils rencontrés, lorsque Joe a entrepris le tour des îles grecques en voilier. En tout cas, ils sont très amis.

Plus tard, tout en allant d'une embarcation à l'autre, Bianca réfléchit. Au fond, elle regrettait que Joe et

Mme Russel ne se soient pas trouvés par hasard chez *El Delfin*... Cela aurait éliminé la possibilité d'une relation profonde entre eux...

Joe l'avait vu quitter le *Pago Pago*, et l'attendait au pied de l'escalier. Il lui tendit la main pour l'aider à le rejoindre. En arrivant près de *La Libertad*, il maintint le canot en équilibre, pendant qu'elle se hissait sur le pont. Après avoir aboyé de toutes ses forces, Fred réintégra sa place à la poupe.

— Je vous montre l'essentiel, et nous partons. Le tour du propriétaire, ce sera pour plus tard, annonça Joe.

Il l'invita à descendre, et ils traversèrent ensemble la cabine, décorée avec simplicité et bon goût.

— Voilà mon domaine...

— C'est encore plus net que chez Rufus ! s'exclama-t-elle en remontant.

— L'ordre est une qualité indispensable, à bord. Vous êtes désordonnée, vous ?

— Non, Lucy ne cesse de me reprocher le contraire... Cependant, ici, c'est franchement impeccable...

En effet, le peu qu'elle avait vu lui avait paru étincelant, reluisant de propreté... mais très impersonnel. Rien, pas le moindre objet, ne trahissait le véritable caractère de Joe.

— Puis-je me rendre utile ? lui demanda-t-elle après un court silence.

— Vous avez travaillé toute la matinée. A présent, détendez-vous.

Ayant souvent contemplé les départs inorganisés et précipités des « marins du dimanche », Bianca fut grandement impressionnée par l'aisance et l'habileté de Joe à la barre.

Ils quittèrent le port au moteur, et, dès leur sortie, hissèrent les voiles. Pour commencer, ils prirent la direction d'Ibiza qui, par temps clair, était parfois visible dans le lointain. L'expérience enchanta la jeune

69

fille... Elle savourait le calme, le glissement régulier de la coque sur l'eau, ponctué par moments d'un grincement du mât...

La clameur de la ville envahie par les touristes, les hurlements des radios, les cris en espagnol, mêlés à ceux des étrangers, le vrombissement des motos, le klaxon insistant des automobiles... tout cela était loin derrière eux...

— C'est l'heure de l'*aperitivo* ! décréta subitement Joe.

Bianca ouvrit les yeux et le découvrit devant elle, un verre à la main.

— Qu'est-ce que c'est ?

— De la sangria, mais pas cette horrible mixture qu'on vous sert dans les soirées. Celle-ci contient très peu d'alcool.

— Où allons-nous ? s'enquit-elle après avoir goûté son cocktail glacé.

— Nous nous rendons dans une baie qui, avec un peu de chance, sera déserte. Je me passe fort bien des radios des autres.

Etait-ce la seule raison pour laquelle il cherchait la solitude ? La jeune fille tressaillit.

La Libertad fut à cet instant précis prise dans un remous important causé par un puissant hors-bord. Joe était préparé aux conséquences de cette manœuvre, pas Bianca... Elle renversa sa sangria, et se précipita vers son sac à la recherche d'un mouchoir en papier pour réparer les dégâts. Mais, déjà, Joe avait essuyé sa cuisse du bout des doigts.

— Je suis désolé. J'aurais dû vous avertir...

— Vous... Vous êtes un marin expérimenté. Vous n'avez jamais eu le mal de mer ?

— Très rarement, heureusement. Cependant, je n'ai pas à m'en vanter. Je connais de vieilles dames fragiles qui supportaient sans se plaindre un vent de force dix. Mieux que certains marins !

— Force dix... C'est du très mauvais temps ?

— Non, un petit orage... le vent souffle à environ cinquante milles à l'heure. Force onze, c'est une tempête. Force douze, un ouragan, et au-delà, c'est encore pire !

— Et aujourd'hui... ?

— Force trois, une brise douce et caressante. Tenez-moi cela un instant, voulez-vous ?

Il lui donna son verre et, d'un pas léger, se dirigea vers la proue pour effectuer un réajustement quelconque. En revenant, il s'assit près d'elle... Devait-elle s'éloigner, sans en avoir l'air ? Jamais — même pas avec Michael — elle n'avait été aussi sensible à la présence d'un homme ! Il allait sûrement l'embrasser avant leur retour au port...

Quand ils atteignirent leur but, Joe jeta l'ancre à l'endroit où l'eau devenait moins profonde. Des milliers de cigales chantaient dans les falaises rougeâtres et abruptes dominant la plage.

— Je vais vous montrer où vous pouvez vous changer.

— C'est inutile, j'ai mon maillot sur moi, répliqua-t-elle tout en ôtant son short et son tee-shirt. A votre avis, on peut plonger d'ici sans danger ?

— Oui, il y a au moins six mètres de profondeur. Allez-y...

Une demi-heure plus tard, installés sous le parasol que Joe avait emporté à terre avec le panier de pique-nique, ils entamèrent leurs sandwichs.

— C'est délicieux ! s'exclama-t-elle, ravie, en mordant à pleines dents dans le pain frais.

Joe ouvrit la glacière, et en sortit une bouteille de vin local.

— Merci, murmura-t-elle en prenant son verre.

— A quoi buvons-nous ?

— Le toast préféré de mon père était *Carpe diem.* Vous avez appris le latin, à l'école ?

— Ce n'était déjà plus obligatoire à mon époque. De toute façon, je n'ai jamais été bon élève. J'étais ce que l'on appelle un cancre.

— En revanche, vous deviez briller sur les terrains de sports.

— Non, là non plus, je n'étais pas doué. J'avais horreur des jeux d'équipe, comme participant ou comme spectateur. J'adorais le canoë, les longues marches dans la nature, mais ces activités n'étaient pas jugées utiles pour ma vie future.

— Pourtant... Cela me paraît plus enrichissant que le cricket ou le football, objecta-t-elle.

— Au contraire... le rugby et ses équivalents vous inculquent l'esprit de groupe, ce dont je manquais cruellement insista-t-il avec une nuance ironique dans la voix... Traduisez-moi *Carpe diem.*

— Cela signifie « mets à profit le jour présent ».

— Parfait, buvons à cela. *Carpe diem !*

— *Carpe diem !*

— C'est délicieux, murmura-t-il. Quel plaisir de pouvoir se relaxer ainsi, à l'ombre, par un si beau temps... Ce bon conseil auquel nous avons bu... C'est un exemple de sagesse horacienne ?

— Alors ? Vous n'étiez pas si bête que cela, puisque vous me citez Horace !

— Il ne m'intéressait guère, en ce temps-là. Je l'ai de nouveau rencontré à la Légion. La grande majorité des livres disponibles à la caserne étant sans intérêt, j'ai sauté sur toutes les occasions, même les traductions de poésie latine. Cet ouvrage d'Horace me fut offert par un botaniste anglais venu visiter Fuerteventura pendant mon séjour là-bas.

Il se tut, mais, à l'instant précis où elle s'apprêtait à lui demander de décrire cette île, il reprit :

— Votre amoureux d'un âge certain continue à tourner autour de vous ?

— Non.

— C'est un lâche, répliqua-t-il avec l'ombre d'un sourire. A sa place, je n'aurais pas abandonné.

— Peter est un homme modeste. Il n'a pas la prétention de se croire irrésistible.

— Il a raison. Il ne l'est pas, puisque vous avez refusé sa demande en mariage.

— Cela ne prouve rien du tout. De nombreuses femmes accepteraient, j'en ai la certitude, s'il leur posait la question.

— Je n'en doute pas. Les hommes fortunés restent rarement seuls.

— La réciproque est aussi vraie. Avez-vous reçu des nouvelles de votre amie Mme Russell, depuis son départ pour le sud ?

— Non, aucune. Que voulez-vous insinuer ? Que ma relation avec cette dame dépend des avantages matériels dont elle pourrait me faire profiter ?

— Un jour, vous avez affirmé que vous désiriez vivre avec une veuve suffisamment nantie pour vous entretenir pendant quelques années dans le confort et le luxe. Mme Russell semble remplir ces conditions... De plus, elle est fort jolie, ce qui ne gâche rien.

— Vous étiez jalouse, en nous voyant ensemble ?

— Jalouse ! Non, bien sûr, c'est ridicule ! Et vous, avez-vous éprouvé de la jalousie quand vous m'avez vue avec Peter ?

— Vous n'étiez pas seule avec lui. Sinon, j'aurais sans doute eu quelques pensées désagréables pour lui.

— Vous étiez trop absorbé par votre charmante compagne. Vous ne nous auriez certainement pas aperçus, si Lucy et moi n'avions été forcées de passer devant votre table.

— Je vous ai surprise en train de détailler Helen de bas en haut, tout en évitant le mieux possible mon regard.

— J'admirais sa robe et son élégance. J'ai supposé que vous m'en voudriez de vous importuner.

Joe se pencha pour lui remplir son verre : irritée par la tournure de cette conversation, elle avait bu plus vite que prévu...

— Votre attitude était pleine de tact, mais inutile. Helen est trop intelligente pour accepter de se marier avec un homme uniquement intéressé par son argent. Vos soupçons sont aussi cruels que mal fondés. Ma remarque à propos des veuves fortunées était une simple plaisanterie. Si je décide un jour de me marier, c'est moi qui entretiendrai mon épouse. Evidemment, les jeunes filles comme vous, indépendantes, tiennent à le rester. C'est pareil en ce qui concerne les hommes comme Rufus et moi, capables de laver leurs chaussettes et de recoudre leurs boutons...

— Rufus est demeuré célibataire par dépit : la femme qu'il aimait était déjà mariée. En ce temps-là, on divorçait moins facilement que de nos jours.

Joe haussa un sourcil sceptique.

— C'est ce qu'il vous a raconté ? C'est un peu tiré par les cheveux, si vous voulez mon avis. La nature humaine étant ce qu'elle est, je défie quiconque d'entretenir une passion sans espoir pendant toute une vie, comme lui. En vérité, il n'a pas trouvé une femme acceptant l'existence qu'il lui proposait. Rufus est un oiseau migrateur ; la plupart des femmes ont besoin d'un nid douillet et stable.

— Le *Pago Pago* remplirait à merveille cette fonction, il me semble. Je connais plusieurs femmes qui ont soif de liberté, et qui apprécieraient de vivre en bohème afin de rendre leur mari heureux.

— Quel lyrisme, ma chère, quel romantisme ! Vous me parlez d'une espèce rarissime. Selon mes observations personnelles, c'est toujours la femme qui finit par gagner, et mener son époux par le bout du nez.

— C'est un point de vue bien pessimiste...

— Non. Je n'ai jamais eu d'illusions, c'est tout.

— J'ose affirmer qu'on peut éprouver un bonheur

intense et éternel : mes parents en étaient un exemple vivant ; s'ils n'étaient pas disparus tous les deux, ce serait encore vrai. Rufus a parfaitement pu être fidèle à cette personne jusqu'à maintenant... du moins en esprit.

— Si nous finissions notre bouteille ?

Pour la troisième fois, Joe remplit son verre. Cherchait-il à l'enivrer ? Il se rapprocha légèrement de la jeune fille.

— Votre cheville est guérie, constata-t-il en examinant le pied de Bianca. Vous ne souffrez plus du tout ?

— C'était une blessure sans gravité.

— On ne sait jamais. Parfois les ligaments distendus mettent très longtemps à se replacer...

Tout en parlant, il caressa du bout du doigt son mollet. Les paupières mi-closes, l'ombre d'un sourire aux lèvres, il ne la quittait pas des yeux. Bianca prit une longue inspiration, prête à combattre l'explosion de sensations qui la submergeraient quand il la prendrait dans ses bras. Cependant, il ne se passa rien. Sa main s'attarda un instant, enfin il soupira :

— Nous retournons nous baigner ?

Il suffisait à Bianca d'ébaucher un geste... Il se serait alors tourné vers elle pour l'embrasser. Elle ne bougea pas, figée, puis se secoua intérieurement et se leva pour le suivre jusqu'au bord de l'eau.

Elle était déçue. Très déçue. Mais, après tout, c'était de sa faute si, à présent, ils fendaient l'eau d'un mouvement régulier et souple, au lieu de s'étreindre !

Au moment de se séparer, plusieurs heures plus tard, Joe lui proposa de recommencer le lendemain. Elle n'hésita pas, cette fois.

— Volontiers. C'est moi qui apporterai le piquenique.

— D'accord ! Je me charge du vin.

Les nuits étaient de plus en plus chaudes et, s'étant réveillée en sursaut, Bianca se rendit à la cuisine pour boire un verre d'eau fraîche. N'ayant aucune envie de se recoucher, elle sortit et s'assit sur la terrasse, le regard fixé sur le jardin illuminé par le clair de lune.

Carpe diem, avaient-ils déclaré en levant leur verre, sur la plage... Pourquoi avait-elle laissé passer la chance ? Pourquoi avait-elle refusé de s'abandonner dans les bras d'un homme qu'elle trouvait irrésistible ? Un frisson la parcourut... Qu'arriverait-il, demain ?

5

Le lendemain, au lieu de pique-niquer sur la plage, ils déjeunèrent sur le pont de *La Libertad.*

— Vous retrouverez votre ancienne place en rentrant en Angleterre ? s'enquit Joe.

— Non, mais j'irai ailleurs. Les techniques de la recherche peuvent être employées de nombreuses façons. Les chaînes de télévision engagent des documentalistes pour la plupart de leurs émissions, et beaucoup d'auteurs célèbres comptent sur des gens comme moi pour les aider dans leur travail. Je préférerais reprendre un poste auprès d'un généalogiste, cependant, si c'est impossible, ce n'est pas grave. Et vous ? Avez-vous des projets précis pour l'avenir ?

— Non, rien de définitif, répondit-il, l'air songeur, en jouant distraitement avec son verre. Je pensais visiter la mer des Caraïbes, et, de là, pousser jusqu'à l'océan Pacifique. Mais, pour le moment, je suis bien ici.

Leurs regards se rencontrèrent et, l'espace d'un éclair, Bianca se demanda si elle n'était pas l'une des raisons pour lesquelles il tenait à rester quelque temps sur la Costa Blanca. Quand il l'aurait ajoutée à la longue liste de ses conquêtes féminines, il éprouverait le besoin de partir ailleurs...

— Pourquoi cette expression de lassitude ? murmurat-il soudain... Vous n'approuvez pas les hommes de mon espèce, n'est-ce pas, Bianca ? Je vous parais suspect parce que j'ai coupé tous mes liens avec la société, c'est cela ?

— Non, pas suspect. Au contraire, je vous envie. J'adorerais être libre de me rendre là où bon me semble, d'agir à ma guise en toutes circonstances. Ma mère était ainsi, même si elle a suivi mon père partout pendant de nombreuses années. Heureusement, il allait toujours dans les endroits qu'elle appréciait, en Italie par exemple. Pendant un certain temps, après la mort de mon père, elle a voyagé à travers le monde, mais elle souffrait de n'avoir personne avec qui partager la joie de ses découvertes. La solitude, et un soudain élan de pitié inexplicable, l'ont poussée à épouser Ben Hollis. Moi, j'aimerais...

Elle se tut.

— Oui... poursuivez. Vous aimeriez... ?

— Partager mon existence avec un homme totalement libre, faillit-elle répondre. Elle aurait pu le confier à Rufus. Elle ne pouvait le dire à Joe : c'eût été un risque... Il aurait eu l'impression qu'elle le considérait comme une proie idéale, mais c'était faux. Elle était sur le point de s'éprendre de lui, follement, pourtant il était encore temps de se ressaisir... Les paroles d'une des chansons préférées de sa mère lui revinrent à la mémoire, et elle songea que les meilleurs poèmes, les plus beaux refrains contenaient des vérités qui devenaient évidentes le jour où l'on éprouvait l'émotion décrite dans leurs vers. Comme les héroïnes de chansons, Bianca croyait en l'amour éternel, et elle attendait le moment où l'autre lui avouerait des sentiments semblables.

Elle eut enfin le courage de briser le silence devenu insoutenable en reprenant :

— J'aimerais réussir, comme mes parents... Ils menaient des carrières séparées, mais ils savaient partager leur intimité. C'est difficile, toutefois. Les ambitions professionnelles de l'un et de l'autre sont souvent une source de conflits. Bien sûr, mon métier est surtout pour moi une façon agréable de gagner ma vie, ce n'est pas une véritable vocation.

Elle avait apporté une magnifique tarte aux pommes, et Joe coupa deux énormes parts.

— Vous envisagez de continuer à vivre ainsi indéfiniment ? s'enquit-elle.

— C'est possible... Jusqu'à présent, je ne pensais pas vraiment à mon avenir.

— Et maintenant ?

— Guère plus... Pourtant, certains soirs, je regrette de travailler dans une salle enfumée... J'adore me lever à l'aube, et, en ce moment, je mène une existence contraire à ma nature profonde.

— Moi aussi, je suis très matinale : je déteste manquer la première heure de soleil. A Londres, je ne m'astreignais pas à ce rythme, mais ici, au milieu des montagnes, avec ce ciel... c'est paradisiaque.

Joe avait cessé de manger son gâteau, et fixait sur elle un regard insistant, troublant.

— Qu'y a-t-il ? Pourquoi me dévisagez-vous ainsi ?

— Vous êtes un régal pour les yeux, surtout lorsque vous parlez de ce que vous aimez. Vous en devenez presque... divine...

— C'est trop, vous me flattez, répliqua-t-elle avec légèreté.

— Je pourrais vous dire bien d'autres choses encore...

Elle fixa résolument son assiette.

— Je ne comprends pas très bien...

— Vous me soupçonnez d'avoir des intentions malhonnêtes ? riposta-t-il d'un ton taquin.

Du bout de sa fourchette, elle éparpilla sa part de tarte, un moyen comme un autre de dissimuler sa nervosité.

— Vous me trouvez terriblement démodée, n'est-ce pas ?

— Non, pas du tout. Si j'en juge par l'ardeur avec laquelle vous avez répondu à mon premier baiser, vous êtes plutôt une instinctive. Vous me donnez l'impression d'avoir de grandes qualités, mais peu d'expérience... A peine plus que Lucy...

— Peut-être... peut-être pas...

— L'autre jour, Rufus m'a montré un poème adressé à une jeune fille appelée Bianca. J'essaie de m'en souvenir... C'était un texte de Robert Herrick...

— Vraiment ?

— Voyons... chantonna-t-il, une lueur malicieuse dans ses yeux noisette... C'était à peu près comme ceci :

« Bianca, laissez-moi payer
la dette que je vous dois
en échange d'un baiser
que vous m'avez prêté.
Et pour vous remercier,
Dix autres vous accepterez. »

Elle battit des cils. Jamais auparavant on ne lui avait déclamé des vers ! Un frémissement l'avait parcourue au son de cette voix grave et veloutée.

— Je ne l'ai pas « prêté ». C'est vous qui l'avez pris, rétorqua-t-elle, mal à l'aise.

— Justement... raison de plus pour toucher un intérêt. Enfin... A moins que vous n'y teniez pas... ?

— Vous qui avez tant vécu, Joe, vous devriez deviner ma réplique ! A la question : « puis-je vous embrasser ? », je réponds par un « non » ferme et définitif... Vous n'aimez pas ma tarte ? Vous ne finissez pas votre dessert ?

— Oh, que si ! s'exclama-t-il en avalant aussitôt la dernière bouchée... La prochaine fois, je ne vous demanderai pas la permission !

— Avez-vous déjà vu ce tee-shirt américain arborant un crapaud qui tire la langue, avec cette phrase :

« Avant de rencontrer le Prince Charmant, il faut embrasser toutes sortes de crapauds. » ?

Joe éclata de rire.

— Dois-je comprendre comme vous me classez dans la catégorie des batraciens ?

— Je n'en sais rien. Vous êtes peut-être un Prince Charmant... Pourtant, cela m'étonnerait...

Pour une fois, elle avait l'avantage, et Joe ne sembla pas s'en offusquer. Cependant en un sens, elle était prise à son propre jeu, car si Joe était un crapaud, il valait au moins dix princes à ses yeux...

Pendant une semaine entière, chaque après-midi, il l'emmena à bord de son bateau. Il lui apprit les rudiments de la voile, qu'il maîtrisait à merveille. Le soir, une demi-heure avant de se rendre à son travail, il la quittait après lui avoir... serré la main. La patience de Joe attisait l'impatience de Bianca. Et il le savait.

Il préféra la surprendre, un jour où elle se penchait par-dessus le bastingage pour admirer un poisson dans l'eau. Il l'étreignit avec fougue, éveillant en elle un émoi incontrôlable, un tourbillon de sensations vertigineuses... Elle ne protesta pas, sauf au moment où il commença à détacher les bretelles de son bikini.

— Ma chérie, personne ne vous verra... murmura-t-il. Vous préférez peut-être descendre dans la cabine...

Il la prit par la main, et l'entraîna vers l'escalier.

— Joe... Il est encore trop tôt...

— Vraiment ? Je pensais pourtant avoir agi avec une lenteur et une prudence exceptionnelles.

— Jusqu'à aujourd'hui, oui. Mais à présent...

— Inutile de vous accrocher à la barre de cette façon, je ne vais pas vous tirer par les cheveux si vous n'y consentez pas. Pourtant, tout à l'heure...

— Je vous ai précisé dès le début que les aventures sans lendemain ne m'intéressaient pas.

— C'est exact. Votre vie est déjà suffisamment

compliquée, d'après vous. Cependant je ne vous propose pas une simple liaison...

Un instant, elle crut qu'il allait poursuivre : « Je vous aime, je veux vous épouser »... Elle retint son souffle, le cœur battant. Malheureusement, il avait une autre idée en tête :

— Nous passons ensemble de merveilleux après-midis, mais cela ne me suffit pas. J'aimerais prendre mon petit déjeuner avec vous le matin, j'aimerais vous savoir ici quand je rentre de mon travail, tard dans la nuit. Venez vous installer à bord avec moi. Vous serez heureuse, et cela ne vous empêchera pas de surveiller de loin votre beau-père et votre demi-sœur. La charge sera moins lourde pour vous.

Il se pencha de nouveau vers elle pour effleurer ses lèvres. Bianca eut envie de nouer ses bras autour de son cou, de le serrer de toutes ses forces, de se blottir contre lui, mais elle se retint.

— Je... c'est impossible, Joe, souffla-t-elle.

— Pourquoi, Bianca ? Vous avez soif d'amour, comme moi. Pourquoi ne pas l'admettre ?

Elle s'efforça d'adopter un ton léger.

— Il m'arrive de désirer une seconde tartine avec du miel après mon café du matin, mais on ne peut s'abandonner à ses moindres impulsions...

— L'amour embellit les femmes.

— Le bonheur, sans doute. Moi, je ne serais pas heureuse d'être simplement la « petite amie » de Joe Crawford. Ce n'est pas mon style.

Il ne discuta pas. Il eut une réaction très étonnante de la part d'un homme de cette espèce :

— Bien, n'en parlons plus. Toutefois, si jamais vous changez d'avis, je suis là. Nous allons nous baigner ?

Le reste de la journée s'écoula comme s'il ne s'était rien passé d'extraordinaire entre eux. Bianca était sidérée qu'un homme comme Joe puisse se comporter de façon aussi civilisée. Bien sûr, il ne se sentait pas complètement rejeté... Elle ne lui avait pas caché combien elle le trouvait attirant. Elle avait refusé sa proposition en toute conscience... Pas par aversion, ni par indifférence...

Quand ce fut l'heure de retourner au port, elle s'assit à la proue du bateau, les bras autour de ses jambes, le menton appuyé sur ses genoux. Joe était à la barre, Fred se promenait sur le pont. Lorsque *La Libertad* croisa une autre embarcation, elle remarqua en souriant avec quelle agilité le petit chien réussissait à se maintenir en équilibre. Cependant, elle n'était pas joyeuse. La tristesse et le chagrin la submergeaient, car elle savait que les leçons de voile et cet interlude merveilleux arrivaient à leur terme.

Le quai était toujours envahi par la foule des pêcheurs et des promeneurs. Tandis que *La Libertad* regagnait sa place, Bianca aperçut sans le reconnaître un jeune homme blond, perché sur le muret du débarcadère.

Quand elle sauta à terre, elle poussa une exclamation de surprise. Joe la dévisagea, l'œil inquisiteur.

— Qu'y a-t-il ?

— C'est Michael... un vieil ami, expliqua-t-elle. Michael, que fais-tu ici ?

Celui-ci se tenait maintenant en haut des marches pour l'accueillir.

— Bonjour, Bianca ! Comment vas-tu ? La question ne se pose pas. Tu es superbe ! Tu es digne d'une publicité pour une crème solaire ! s'écria-t-il avant de diriger son regard vers Joe.

La jeune fille les présenta l'un à l'autre :

— Michael Leigh... Joe Crawford...

Les deux hommes se serrèrent la main, et Michael parut surpris par la poigne de Joe. Celui-ci se radoucissait devant les femmes, pas devant les hommes... D'instinct, Bianca sut qu'ils ne s'entendraient pas.

— Quand es-tu arrivé ? Tu es simplement de passage ? demanda-t-elle à son ex-fiancé.

— Je prends de courtes vacances. Une décision de dernière minute : j'ai pris l'avion, loué une voiture, mais je n'ai pas de chambre d'hôtel. J'ai passé la nuit dernière à Alicante, et j'ai repris la route tôt ce matin. Ton beau-père m'a dit où je pourrais te trouver.

— Je vois...

Bianca était à court d'inspiration. Avant qu'elle ait trouvé comment poursuivre cette difficile conversation, Joe intervint :

— Je dois me changer pour aller travailler. Profitez bien de votre séjour, Leigh. *Adios*, Bianca.

— *Adios* !

Tandis qu'il ramenait son canot pneumatique à *La Libertad*, Bianca et Michael se mirent à marcher le long du quai.

— Ton compagnon de voile est superbe, déclara le jeune homme. Qui est-ce ? Un restaurateur ?

— Non. Il joue du piano dans un restaurant.

— Vraiment ? En quel honneur ?

— Comment « en quel honneur » ? Je ne comprends pas...

— Ce n'est pas une façon de gagner sa vie, ma chérie.

— Et pourquoi pas ?

— Drôle d'occupation, tu ne trouves pas ? Ce bateau ne lui appartient sûrement pas...

— Si, je crois.

— Tu es folle ? Un voilier de cette taille vaut une fortune ! C'est un jouet de riche !

— Ce n'est pas le jouet de Joe, c'est sa maison. Dans le passé, il a dû s'en servir pour promener des touristes. D'ailleurs, la plupart des embarcations amarrées par ici sont les habitations de leurs propriétaires. Ceux du yacht-club se sont octroyé l'autre côté du port. Les membres sont surtout des Espagnols de Valencia, et ils viennent ici chaque week-end. Il y a aussi quelques Allemands et quelques Hollandais. Du moins me l'a-t-on affirmé. Je n'y suis jamais allée.

Elle continua à lui parler de la ville, chassant Joe de son esprit pour se concentrer sur Michael. Elle penserait à Joe plus tard, quand elle serait de nouveau seule.

À son grand étonnement, Ben Hollis, qui passait généralement ses journées au bar du village, était à la maison. Pour la première fois depuis plusieurs semaines, il avait sorti ses couleurs et installé une toile vierge sur son chevalet.

Bianca abandonna Michael à son beau-père pour se réfugier dans la cuisine, où elle entreprit de préparer le dîner. Sur la table, elle découvrit un message de Lucy : celle-ci était rentrée pour déjeuner, mais passerait la soirée chez une amie.

— Je suis désolée, mais ce soir nous mangerons des restes, annonça-t-elle en apportant des olives et des cacahuètes aux deux hommes pour leur apéritif. Combien de temps durent tes vacances ? Quel est ton itinéraire ? demanda-t-elle à Michael.

— Dix jours, mais je n'ai aucun projet précis. Je suis venu pour te voir.

Elle n'y comprenait plus rien... Ayant appris le décès de Carla, il lui avait écrit un mot de condoléances. Bianca s'était sentie obligée d'y répondre ; depuis, ils n'avaient eu aucun contact... Pourtant, aujourd'hui, il la contemplait comme s'ils ne s'étaient jamais quittés...

— Où vas-tu loger ? À cette époque de l'année, les hôtels sont complets à partir de trois heures de l'après-midi. Il faut s'y prendre dès le matin pour retenir une chambre.

— Justement, je ne m'en suis pas préoccupé, mais cela ne m'inquiète guère. Quel est l'établissement le plus recommandable ?

— Je n'en sais rien. Je ne connais pas les hôtels de la ville.

— C'est inutile, mon vieux ! intervint Ben. Nous allons vous recevoir ici. Vous n'aurez pas de chambre pour vous tout seul, puisque nous n'en avons que trois, une pour chacun ; toutefois nous vous cèdons volontiers le canapé du salon. N'est-ce pas, Bianca ?

Elle masqua son désarroi au prix d'un effort surhumain.

— Ce serait sans doute plus confortable à l'hôtel, objecta-t-elle.

— Hier soir, à Alicante, c'était l'enfer ! répliqua Michael. Des murs en papier mâché, des voisins insupportables, bruyants, mal élevés...

Ben s'esclaffa bruyamment, Bianca eut un sourire figé, et son cœur se serra tandis que Michael remerciait Ben pour son hospitalité. Elle aurait dû l'inviter à retenir une chambre avant de rentrer à la *Casa Mimosa*... A présent, il était trop tard, les dés étaient jetés. Michael manquait singulièrement de tact, car il avait certainement deviné les réticences de Bianca !

Après le dîner, les deux hommes se rendirent sur la terrasse pour bavarder. Bianca débarrassa la table, et prépara le lit de Michael dans le salon. De l'endroit où il se trouvait, celui-ci la voyait agir : il aurait pu lui proposer son aide, mais cette idée ne lui effleura même pas l'esprit. Il avait toujours été paresseux en ce qui concernait les tâches domestiques... Trop gâté par une mère abusive. Bianca ne s'en était jamais offusquée. Cependant, aujourd'hui, ayant découvert les qualités de Joe et de Rufus en la matière, elle lui en voulait de demeurer assis sans bouger.

C'était étrange... Autrefois, ce garçon avait été tout pour elle. A présent, il l'encombrait. Ses sentiments envers Joe souffriraient-ils un jour d'une altération semblable ? Le voyait-elle en ce moment à travers la lumière aveuglante de l'attirance physique ? Elle se secoua intérieurement : tout à l'heure, elle s'était promis de ne pas penser à lui avant d'être toute seule.

— Si nous allions prendre un verre ? suggéra Ben, lorsqu'elle sortit les rejoindre.

— Je préfère rester ici, si cela ne vous ennuie pas.

Cependant, si tu as envie de goûter aux plaisirs de la vie nocturne locale, ne t'occupe pas de moi, Michael...

— Tu ne connais pas un endroit tranquille ?

— Non, pas par ici ; il faudrait se rendre à Alicante, et c'est un peu loin. En toute franchise, j'aimerais me coucher tôt. Si j'avais su que tu arrivais...

— Bon ! Je vais chez Juanita ! annonça Ben. Si je ne vous revois pas ce soir, Leigh, à demain au petit déjeuner... Bonne nuit, Bianca !

Avec un dernier signe de la main, il disparut. Michael se tourna vers la jeune fille.

— Il est sympathique...

— Oui... répondit-elle, n'ayant pas le cœur de lui enlever ses illusions pour l'instant. Tu aurais dû l'accompagner. On s'amuse beaucoup chez Juanita, à ce qu'il paraît...

— Je préfère te tenir compagnie. Tu es fatiguée, dis-tu ? Tu mènes donc la grande vie ?

— Non, pas vraiment. Certaines personnes se rendent à une fête tous les soirs, pas moi.

— Je m'attendais à ce que tu rentres à Londres. Tu te plais, en Espagne ?

— Oui... En vérité, je n'ai jamais beaucoup aimé la ville.

— Tu ne travailles pas, évidemment...

— Si, j'ai un emploi à mi-temps chaque matin, et la maison réclame de l'entretien. Puis-je t'offrir du vin, ou veux-tu autre chose ?

— Du vin, s'il te plaît... Je devine tes pensées, reprit-il tandis qu'elle remplissait son verre. Tu me trouves bien audacieux de surgir ainsi sans prévenir.

— J'ai été surprise, je l'avoue. Qu'est-il arrivé à la jeune femme dont tu me parlais dans ta dernière lettre ?

— Cela n'a pas marché. J'ai commis une grossière erreur... une folie. J'ai été stupide. Notre relation était plus profonde, plus solide. Tu affirmais m'aimer, pourtant tu me maintenais toujours à une distance respectable, et, si je comprenais l'emprise de ta mère sur toi, j'avais l'impression de n'être rien dans ta vie. Tu n'as pas été triste de me quitter pour venir en Espagne.

— Pas exactement triste, en effet. A l'époque, j'espérais que cette séparation nous serait bénéfique à tous deux... Je comptais sur cela pour que tu prennes conscience de mon amour pour toi. Au lieu de cela, tu es allé chercher une consolation ailleurs. Je m'étais trompée à notre sujet. Notre amour n'était pas assez fort pour durer.

— Au contraire, j'ai découvert combien tu avais eu raison ! J'ai été stupide de ne pas voir le trésor que tu étais pour moi, Bianca ! Je suis enfin revenu à la réalité. Il est trop tard, je suppose. Tu as rencontré quelqu'un ?

— J'ai trop de préoccupations familiales. Ma demi-sœur a un caractère difficile et... Tiens, justement la voilà !

Elle soupira intérieurement de soulagement en reconnaissant le bruit de sa mobylette. Profitant d'un court instant de répit dans la cuisine, Bianca pria Lucy de ne pas la laisser seule avec Michael.

— Pourquoi ?

— Je t'expliquerai cela en détail demain, murmura Bianca.

Beaucoup plus tard, dans son lit, les yeux grands ouverts dans le noir, elle se demanda où elle serait en ce moment, si elle s'était abandonnée dans les bras de Joe, à bord de *La Libertad*. Ils seraient probablement restés là-bas, dans la petite baie...

— Je te comprends maintenant, quand tu me parles de problèmes familiaux, déclara Michael en la conduisant au village le lendemain matin.

Elle savait qu'il était resté éveillé tard dans la nuit, gêné par l'un de ces monologues interminables dont Ben était coutumier, après une soirée trop arrosée.

— C'est la raison pour laquelle tu ne peux pas rester

chez nous, Michael. Je ne voudrais pas te paraître inhospitalière, mais c'est très gênant pour Lucy.

— Bien sûr. Je vais prendre une chambre à l'hôtel.

— Si c'est possible…

— Ne t'inquiète pas, Bianca, je trouverai ! assura-t-il, avec confiance.

— Bonjour, ma chère enfant ! Joe m'a dit qu'un de vos amis venait d'arriver ! s'exclama Rufus en l'accueillant à bord du *Pago Pago*. Je vous libère, si vous le désirez ; ainsi vous pourrez lui montrer les sites touristiques de la région.

Un instant, elle faillit lui confier combien cette visite inattendue l'ennuyait. Cependant, Rufus risquait de le répéter à Joe, aussi se ravisa-t-elle. Elle se contenta d'affirmer que Michael était assez grand pour passer une partie de ses jourénes tout seul.

Joe passait presque tous les matins prendre un café avec elle ; pourtant, ce jour-là, il ne se montra pas, et Bianca ne put s'empêcher de se demander si c'était ou non un hasard.

Elle s'attendait à tout… mais certainement pas à trouver Michael, en compagnie de Joe, sur le pont supérieur de *La Libertad.* A son immense désarroi, elle apprit que Joe les invitait tous deux à bord de son voilier… Michael s'était rendu au marché, et était revenu avec un panier plein de victuailles pour le pique-nique…

— Rufus serait peut-être content de se joindre à nous, suggéra Joe en rencontrant le regard las de la jeune fille…

— Je trouve notre hôte plutôt évasif, constata Michael tandis que ce dernier allait chercher le vieux marin. Je me demande pourquoi…

— A quelles questions a-t-il évité de répondre ?

— Je n'ai pas été indiscret, rassure-toi. Cependant, je ne sais rien de plus sur ce Crawford, après une heure de discussion !

— Je préfère les personnes réservées à celles qui racontent leur vie entière dès les premières minutes.

Bianca enleva ses lunettes de soleil, et, les yeux fermés, offrit son visage aux rayons du soleil. Elle se rappelait avec regret le court intermède qu'elle avait vécu avec Joe... La caresse de Michael sur son bras la surprit et l'irrita. Il effleurait sa peau bronzée du bout du doigt... Sa main se posa sur la sienne... Elle s'éloigna vivement.

— Michael, arrête ! Je te l'ai dit hier soir : nous ne pouvons pas ressusciter le passé !

— Je refuse de l'admettre, du moins pour le moment. J'ai huit jours pour t'amener à changer d'avis...

Les mots moururent sur ses lèvres : Joe réapparaissait.

Malgré elle, tout au long de la journée, elle établit des comparaisons entre les deux hommes. Michael nageait sans talent, tandis que Joe était un véritable poisson. Joe était cultivé, il aimait la musique, les beaux livres, Michael n'avait de passion pour rien... Joe s'intéressait-il aussi à la peinture ? Apprécierait-il de visiter pendant des heures les musées de Valencia ? Il avait entendu parler de la mère de Bianca, puisqu'il avait présenté celle-ci comme la fille d'une grande artiste à Mme Russell. Mais cela ne prouvait rien...

— Vous aimez la peinture, Joe ? s'enquit-elle, tandis que Michael bavardait avec Rufus au sujet de ses mémoires.

— Je n'y connais pas grand-chose, mais je sais ce qui me plaît, répondit-il.

Il l'entretint longuement sur ce thème, exposant son opinion sur diverses formes d'art et affirmant un réel intérêt pour ce domaine.

— Pourquoi me demandez-vous cela ? conclut-il enfin.

— Oh... simple curiosité.

Elle ne revit plus Joe avant la dernière soirée du

90

séjour de Michael. Celui-ci, à sa grande surprise, lui proposa de dîner au restaurant avec un couple qu'il avait rencontré à son hôtel.

— La jeune femme est une écervelée, mais Rolf est producteur à la télévision, et il pourrait me rendre de grands services...

Bianca détesta Rolf dès l'instant des présentations : il la déshabilla du regard avec un sourire cynique et artificiel. Patti, en revanche, était plutôt sympathique. Elle n'était pas particulièrement intelligente, cependant elle était gentille, affectueuse et surtout... sincère. De toute évidence, elle avait l'habitude d'être ignorée par Rolf, lorsque celui-ci se trouvait devant un interlocuteur de sexe masculin. Bianca s'amusa beaucoup à jouer les ingénues avec elle. Aux deux ou trois remarques stupides que lui fit Rolf, elle répondit par un battement de cils éloquent, à la grande confusion de Michael qui était atterré.

Joe, infiniment plus perspicace, aurait tout de suite compris ses desseins, et il en aurait souri. Cependant, de toute façon, Joe n'était pas du genre à s'abaisser devant les autres...

A la fin du repas, la conversation s'orienta sur la suite à donner à cette charmante soirée. Rolf, ayant allumé un cigare ridiculement long, soufflait des nuages de fumée grise, sans se préoccuper de savoir s'il gênait ou non ses voisins.

— Vous vivez ici, Bianca, c'est à vous de nous conseiller un endroit sympathique ! déclara-t-il.

— Oh ! Je connais un club très bien ! susurra Patti. J'ai rencontré une jeune fille chez le coiffeur ce matin, c'est elle qui m'en a parlé ; l'atmosphère y est bonne, la musique excellente pour danser !

— Ah oui... Te rappelles-tu le nom de ce lieu ? lui demanda Rolf d'un ton supérieur.

— Evidemment, Rolfie ! répliqua-t-elle avec une

moue d'enfant gâtée. *El Delfin...* Cela signifie : le dauphin.

— Elle est très douée pour les langues ! s'exclama « Rolfie » avec un ricanement.

Bianca l'aurait volontiers giflé devant tout le monde, pour défendre la pauvre Patti !

— Pour vous, un habitué des discothèques les mieux fréquentées de Londres, *El Delfin* est sans intérêt, intervint-elle... Nous pourrions aussi aller chez...

— Chez *El Delfin*, il y a l'air conditionné, coupa Patti. Nous n'aurons pas trop chaud.

— En route ! Si cela ne nous plaît pas, nous irons ailleurs, conclut Michael.

Bianca n'avait jamais pénétré dans le night-club, chez *El Delfin*. Elle espérait que la lumière y serait tamisée comme dans la plupart des endroits de ce genre. Elle ne voulait pas être reconnue par Joe...

A leur arrivée, les musiciens de l'orchestre marquaient une pause, et Joe jouait tout seul, le dos à la salle. Tandis que Michael et ses amis suivaient le serveur jusqu'à une table isolée, Bianca reconnut les premières mesures du morceau qu'elle lui avait demandé d'interpréter, le soir de leur première rencontre. Etait-ce une simple coïncidence ?

— J'adore cette chanson, mais je ne me souviens jamais du titre ! soupira Patti en s'asseyant.

— *Un homme et une femme*, répondit Bianca.

Elle jeta un coup d'œil discret en direction de Joe. Il ne les regardait pas, c'était donc un hasard...

Il fut bientôt rejoint par ses compagnons, et le groupe proposa trois ou quatre mélodies endiablées, avant d'adopter un rythme plus lent.

Rolf, dansait mieux que Michael. Néanmoins, Bianca le trouva vite trop entreprenant à son goût. Elle n'aimait pas sentir sa joue contre la sienne, elle détestait ces mains sur ses hanches. Mais la piste était envahie, et il lui était difficile de se dégager de cette étreinte devenue

92

insupportable. Elle ne pouvait tout de même pas s'immobiliser, et tourner les talons avec un « merci » sec et définitif ! Elle n'avait qu'une solution : patienter pendant quelques minutes, et lui refuser la prochaine danse.

Une main bronzée se posa sur son épaule.

— Puis-je vous enlever à votre cavalier, Bianca ?

— Rolf, vous ne serez pas vexé, j'espère ? Joe est un vieil ami...

Un peu plus tôt, elle avait espéré ne pas être reconnue ; à présent, elle lui était immensément reconnaissante de l'avoir sauvée d'une situation désagréable.

— Qui est cet homme ? s'enquit Joe sans dissimuler son aversion.

— Michael l'a rencontré à son hôtel.

— Michael le trouve peut-être sympathique, mais si j'en juge par l'expression de votre visage il y a un instant, ce n'était pas votre avis.

— En effet... Sa petite amie ne me déplaît pas ; lui, en revanche, je le trouve répugnant. Michael ne l'aime pas vraiment, je crois, il pense seulement pouvoir en tirer profit dans le domaine professionnel.

Joe plongea son regard dans le sien, les sourcils froncés.

— Et pour cela, il accepte que l'autre vous enlace devant lui sans protester ?

— Il dansait avec Patti, il n'a sans doute rien remarqué.

— Moi, si, répliqua-t-il avec ironie. Si quelqu'un dans cette salle ose vous embrasser, ce sera moi ! Pas cet ignoble individu !

— Oh, vous êtes injuste...

— Vous n'êtes pas bien, dans mes bras ?

Bianca ne répondit pas. Elle ne pouvait le nier : son cœur battait à tout rompre, et elle était en proie à une intense émotion.

— Vous avez le droit d'abandonner votre piano ?

— La dernière fois, ce fut pour me porter au secours de Lucy... Ils ne me renverront pas.

Elle le soupçonnait d'avoir demandé au chef d'orchestre de prolonger le plus possible l'air sur lequel ils dansaient, car il semblait interminable. Plus les minutes s'écoulaient, plus elle prenait conscience de l'impression de béatitude qui la submergeait. Jamais elle n'aurait l'occasion de rencontrer un autre homme comme lui. Ils se complétaient à merveille. Néanmoins, Bianca croyait aux engagements formels, complets, et Joe n'était pas prêt à s'y soumettre.

— Ainsi, votre ami Michael ne loge plus chez vous ?

— Non...

Elle n'avait pas envie de parler. Elle voulait graver pour toujours dans sa mémoire l'image de cet homme auprès duquel elle savourait un bonheur total.

— C'est un ex-fiancé... ?

— Dans un certain sens, oui.

— Vous l'avez aimé ?

— A une époque, je le croyais...

— A présent, il perd son temps, je suppose...

— Vous supposez ? Il veut m'épouser...

Joe se recula légèrement pour mieux la contempler.

— Vous êtes une idéaliste ! Vous ne vous marierez donc pas sans amour. Or, si vous étiez vraiment éprise de lui, vous ne seriez pas ainsi dans mes bras. Vous seriez rigide comme un bout de bois...

Elle essaya de se raidir, de se dégager de son étreinte, mais il réagit en l'attirant encore plus près de lui, et, très vite, elle dut se résigner.

A la fin du morceau, il la relâcha à contrecœur, ce qui la combla de joie. Au moins, elle n'était pas la victime innocente d'une passion à sens unique ! Joe s'intéressait suffisamment à elle pour en vouloir à Rolf de jouer les séducteurs... Il la conduisit jusqu'à leur table, et s'inclina cérémonieusement.

— Merci, Bianca. Bonsoir...

Il n'attendit pas d'être présenté aux autres : il se détourna rapidement, et regagna la scène.

— Superbe ! chuchota Patti... Un Espagnol ?

— Non, un Anglais.

— Bien sûr, son accent trahit son origine ; physiquement, il est pourtant très latin, vous ne trouvez pas ? Sauf pour sa taille. Comme j'aimerais qu'on me baise la main de cette manière ! soupira Patti avec une moue éloquente, provoquant chez Bianca un sourire, et chez Rolf un grognement d'exaspération.

Il n'a aucun sens de l'humour ! songea Bianca. Son amie aime qu'on lui baise la main, pourquoi ne s'exécute-t-il pas ? Elle se tourna vers Michael : lui aussi arborait un masque de dédain.

Plus tard, sur le chemin du retour, celui-ci lui confia :

— Je comprends l'irritation de Rolf : cette fille est insupportable avec ses pépiements et ses gloussements. Elle est belle, cependant elle aurait tout intérêt à se taire !

— Elle aurait surtout intérêt à éviter des hommes comme Rolf. C'est une horreur, Michael !

— Horreur ? C'est un metteur en scène de grand talent !

— J'imagine d'avance le genre de pièces ou de films qu'il dirige ! Tous ses acteurs doivent être obsédés par la folie et le sexe ! Pas un être humain normal sur le plateau !

— Tu ne refuses pourtant pas les avances des géants bronzés, capables de baiser la main d'une dame mais nantis d'un quotient intellectuel inférieur à celui de Patti ! rétorqua-t-il durement. Si je ne l'avais pas vu de mes yeux, je ne l'aurais pas cru ! Une fille sensible et cultivée comme toi ! Comment peux-tu être assez folle pour t'éprendre d'un idiot pareil ? Car c'est bien cela, n'est-ce pas ? Tu es amoureuse de lui ?

— Oui, avoua-t-elle, penaude.

— Je m'en suis douté à l'instant même où je vous ai

vus ensemble. Pour l'amour du ciel, Bianca, reprends tes esprits ! Crawford a du charme, je te l'accorde... mais tu n'as aucune illusion à son sujet, j'espère ?

— Tout dépend... Je ne sais pas exactement où tu veux en venir. Il m'a demandé de vivre avec lui. Toi aussi, tu m'as fait cette proposition autrefois, Michael.

Il gara l'automobile sur le bas-côté pour scruter plus aisément le visage de sa compagne.

— Maintenant, je veux que tu m'épouses, murmura-t-il.

Il la prit dans ses bras et l'embrassa. Quelle curieuse sensation ! Elle se trouvait avec celui qu'elle avait aimé... ou du moins qu'elle avait cru aimer...

Celui pour qui elle avait tant souffert, pour qui elle avait pleuré pendant des nuits entières... Et elle ne sentait rien. Rien ! Elle était guérie !

Michael ne se rendit pas compte tout de suite des réticences de Bianca. Il la couvrait maintenant d'une pluie de baisers... Elle le repoussa en protestant avec véhémence.

— Moi, tu m'as toujours maintenu à une distance respectable, mais avec lui, tu n'as pas hésité, n'est-ce pas ? grinça-t-il. Mon Dieu ! Pourquoi les femmes sont-elles aussi bêtes ! Je veux t'épouser, Bianca ! Tu entends ?

— En ce temps-là, tu ne le souhaitais pas.

— Aujourd'hui, je suis revenu sur ma décision, insista-t-il en essayant de la serrer contre lui.

— Michael, je t'en prie, ramène-moi chez moi.

Tous ses doutes s'étaient volatilisés. Elle ne voulait plus de lui.

Ils se séparèrent sur les banalités d'usage, mais cette soirée se terminait dans l'aigreur. Ce n'était pas entièrement la faute de Michael. Elle aurait dû se montrer plus ferme, et le renvoyer dès son arrivée.

6

Une semaine plus tard, juste avant le retour de Lucy, Bianca lavait des feuilles de laitue dans la cuisine, lorsqu'elle entendit le claquement d'une portière devant le perron. Un instant après, quelqu'un tirait le cordon de la sonnette, à la porte d'entrée.

— Qui est là ? s'enquit-elle, vaguement inquiète, en se dirigeant vers le vestibule, un torchon dans les mains.

A son grand désarroi — elle ne voulait en aucun cas admettre qu'un flot de joie l'envahissait — elle découvrit Joe.

— Bonsoir, Bianca. Comment allez-vous ?

— Bien, merci. Qu'est-ce qui vous amène ?

Elle avait volontairement adopté un ton courtois, mais sans chaleur.

— Je suis passé pour vous prévenir de ne pas descendre au port demain matin. Rufus ne sera pas là, il est souffrant. Il a été transporté à l'hôpital cet après-midi, et y demeurera sans doute un certain temps.

— Rufus ? Il était pourtant en parfaite santé quand je 'ai quitté ! Que s'est-il passé ?

— Une crise cardiaque, apparemment. Dieu merci, e suis arrivé quelques minutes à peine après le drame. 'ai emprunté une voiture, et je l'ai emmené directement à l'hôpital. Ce n'est peut-être pas vrai, mais j'ai entendu dire que les ambulanciers étaient très lents dans la région.

— Je ne peux rien affirmer. Cependant, je sais que le système hospitalier diffère du nôtre. Ils n'ont pas toujours assez d'infirmières pour s'occuper de tous les malades. En général, ce sont les proches du patient qui se chargent de le surveiller. Pauvre Rufus, il n'a personne !

— Je m'en chargerai.

— C'est impossible ! Il a besoin de quelqu'un à son chevet jour et nuit, ou presque. Si vous jouez au restaurant, vous ne pourrez pas vous réveiller pour lui donner son petit déjeuner ! Non, moi j'irai. Vous me remplacerez quelques heures chaque après-midi.

Il fronça les sourcils.

— Cette idée de me séduit guère. Vous avez déjà dû soigner votre mère. Ce n'est pas parce que vous aidez Rufus à rédiger ses mémoires, que vous devez vous sentir obligé de veiller sur lui.

— Je sais, mais j'aime beaucoup Rufus. Un de ces jours, je serai moi aussi vieille et souffrante ; je dépendrai aussi de mes amis.

— Dans ce cas, nous nous partagerons les tâches.

Les premiers temps, Joe se révéla aussi capable d'assumer le confort de Rufus que Bianca. Avec son calme habituel, il était prêt à agir en toute circonstance. Il était à son chevet chaque nuit après son travail. Il s'était arrangé avec son patron pour ne plus animer les soirées à la discothèque ; ainsi, il était libre dès vingt-deux heures trente.

— Mais ils vont vous retirer une partie de votre salaire ! protesta Bianca en apprenant cette nouvelle. Comment allez-vous vivre ?

— Ne vous inquiétez pas, je ne mourrai pas de faim. Je peux dormir n'importe où, et me réveiller en pleine forme si l'on a besoin de moi.

Elle n'avait plus rien dit. Peter n'avait pas manqué d'exprimer son avis — défavorable, bien sûr — sur la question. Un matin, au moment où elle s'apprêtait à prendre le taxi pour l'hôpital, il s'était arrêté pour lui demander où elle allait. Bianca lui avait détaillé son emploi du temps : elle restait auprès de Rufus de huit heures du matin à midi ; Joe prenait sa place à ce moment-là, puis elle le remplaçait de dix-huit heures à vingt-deux heures trente.

— S'il n'a pas de quoi s'offrir une garde-malade professionnelle, ce n'est en tout cas pas à vous de vous charger d'un vieil homme sénile, grommela Peter.

— Rufus est lucide ! rétorqua-t-elle. Mes responsabilités sont très limitées. Je suis simplement là, au cas où il aurait besoin de mon aide.

— Je ne vous approuve pas.

Cependant, il ne lui vint pas à l'esprit de lui proposer une solution de rechange. S'il l'avait vraiment aimée, il aurait cherché à se rendre utile, lui aussi.

Les jours se succédaient, Rufus était à présent sur la voie du rétablissement ; presque tous les risques étaient écartés, mais le pauvre homme devenait dépressif.

— J'aurais préféré mourir... J'ai toujours eu horreur des impotents, et je ne veux pas vivre dans une de ces maisons où l'on passe son temps à regarder la télévision avec une bande de vieillards tristes ! J'aime mieux mourir !

Bianca s'efforça de lui rendre le sourire en lui expliquant qu'après son départ de l'hôpital, il pourrait vivre comme avant.

— Pendant quelques mois, quelques années peut-être... Mais, tôt ou tard, je serai obligé de m'installer dans un de ces établissements, objecta Rufus d'une voix sombre.

Dès qu'ils se retrouvèrent, Bianca confia à Joe son souci de voir le moral de leur ami se dégrader. Par la force des choses, ils se voyaient trois fois par jour à présent, mais Joe se montrait d'une réserve exemplaire. Envisageait-il la fin de sa vie avec le même pessimisme que Rufus ? Car, après tout, il tenait farouchement à sa solitude, pour le moment. Mais plus tard… ? Et Bianca ? Elle pourrait se réfugier dans son travail de généalogiste, qui, heureusement pour elle, la passionnait. Mais ce ne serait pas suffisant pour équilibrer son univers personnel !

Le jour où Rufus put enfin rentrer chez lui, il était de meilleur humeur. Joe était allé le chercher en voiture, et Bianca avait préparé un repas en l'honneur de son retour sur le bateau.

— Je ne sais comment vous remercier, déclara le vieil homme lorsqu'elle prit congé.

— Oh, ce n'était rien. C'est Joe qui a tout fait.

— Oui, c'est un garçon exceptionnel. J'aimerais l'avoir pour petit-fils. Je lui laisserai le peu qui me reste, lorsque mon heure sera venue de vous quitter tous, ajouta-t-il à voix basse.

Joe n'avait pas entendu cette dernière confidence, car il était déjà sur le quai. Bianca dit au revoir à Rufus, puis courut rejoindre le pianiste. Pendant la première partie du trajet jusqu'à la *Casa Mimosa*, ils demeurèrent silencieux. Soudain, à mi-chemin, Joe demanda :

— Où allons-nous, Bianca ?

Elle plissa le front, perplexe. Il connaissait pourtant la route…

— Je veux dire, reprit-il plus doucement… Désirez-vous que nous cessions de nous voir, comme avant la maladie de Rufus ?

— Je… Ce serait sans doute mieux, non ?

— De votre point de vue, peut-être. Pas du mien…

Elle ne répondit rien, et, après une longue pause, il poursuivit :

— Je me suis efforcé de ne pas profiter de la situation, tant que Rufus était en clinique. De mon côté, rien n'a changé. Nous pourrions vivre heureux ensemble. L'opinion des autres vous importe-t-elle vraiment, Bianca ?

— Non... Les personnes dont l'avis m'était précieux ont aujourd'hui disparu. Cependant, je sais ce que mes parents auraient pensé. Cela leur aurait déplu.

— C'est normal : à chaque génération ses conventions. Il est difficile de se débarrasser des principes inculqués tout au long d'une enfance. Il y a vingt ans, on ne vivait pas en couple sans être mariés. De nos jours, c'est courant.

— Oui, mais les statistiques de réussite sont-elles en hausse ? Je n'en suis pas certaine.

— Je ne discuterai pas là-dessus, car je l'ignore. En revanche, je suis persuadé que les séparations, quoique douloureuses, sont moins pénibles et moins compliquées.

— J'ai déjà entendu à plusieurs reprises ces arguments... Michael me les a répétés cent fois, quand il voulait me convaincre d'emménager chez lui. C'eût été une erreur grossière, j'en ai la preuve maintenant.

— Vous l'auriez quitté, mais vous auriez appris la vie. Qui ne risque rien n'a rien, rappelez-vous cela.

— Oui, mais j'ai senti dès le début que cela ne marcherait jamais. C'est pourquoi j'ai dit non à Michael.

— S'il vous avait demandé de l'épouser, vous auriez répondu oui ?

— Je... Je ne sais pas. A présent, je crois que non ; à l'époque, peut-être...

— Et si je vous demandais de m'épouser ?

Ce n'était qu'une hypothèse, pourtant elle sentit son cœur bondir. Elle sut se maîtriser...

— Le mot « mariage » n'est pas un mot magique, Joe. « Amour », oui, cependant celui-là a une signification différente pour vous et pour moi.

— Très bien. Donnez-moi donc votre propre définition. Je vous expliquerai la mienne ensuite.

— C'est si difficile à énoncer... En tout cas, je sais ce que ça n'est pas : l'amour, ce n'est pas uniquement un désir physique.

— Pas uniquement, c'est vrai, cependant le désir physique y entre pour une grande part, surtout au tout début. C'est cela qui vous gêne ? ajouta-t-il en l'observant à la dérobée. Cela vous ennuie de trembler lorsque je vous touche ?

Ils se trouvaient maintenant sur une route droite, et Joe avait enlevé une main du volant, pour la poser sur le genou de sa compagne.

— Ah, non, Joe ! Ce n'est pas juste ! s'écria-t-elle en écartant cette main troublante et en la remettant à sa place. Elle le vit sourire dans l'obscurité.

— Vous n'êtes pas insensible à mes caresses...

— Non, et alors ? Cela ne prouve rien ! Vous avez ce pouvoir sur la plupart des femmes, j'en suis certaine. L'amour, c'est plus qu'une simple attraction physique. Il faut aussi une relation, intellectuelle et morale.

— Il peut y avoir quelques différences, vous ne croyez pas ?

— Mineures, peut-être, mais pas un gouffre...

— A votre avis, un abîme nous sépare ?

— C'est évident. En voici un exemple : le sujet même de notre discussion. Vous tenez à votre liberté, vous ne désirez prendre aucun engagement. Moi, je...

Les mots moururent sur ses lèvres. Comment lui dire : « Moi, je veux être aimée sans réserve, passionnément, follement et éternellement ! »

— Vous n'avez aucune confiance en moi ? Vous réclamez donc cette sécurité précaire intitulée mariage ? s'enquit-il.

Elle soupira avec lassitude.

— Non, ce n'est pas cela. Je veux savoir que cela va durer, que malgré les événements ordinaires ou exceptionnels, les sentiments de l'un envers l'autre demeureront les mêmes.

— Vous êtes bien exigeante, Bianca. Tout le monde change au cours des années, et personne n'y peut rien. Quand vous aurez trente ans, vous serez une autre. C'est une loi de la nature.

— J'aurai changé d'aspect physique, j'aurai mûri, mais mes émotions seront intactes. L'amitié est impérissable chez certains êtres. Alors, pourquoi pas l'amour, qui est en vérité la forme la plus accomplie de l'amitié ?

— L'amitié est rarement aux prises avec le quotidien. Chacun à la possibilité de se réfugier de son côté, pendant les périodes délicates. Ce n'est pas le cas d'un mari et de son épouse.

— Pourquoi tant de cynisme, Joe ?

— Je ne suis pas cynique, seulement réaliste, protesta-t-il. Je vois le monde tel qu'il est, pas tel que j'aimerais qu'il soit.

— Eh bien, pas moi ! trancha-t-elle. Je ne me débarrasse pas de mes convictions sous prétexte qu'elles sont passées de mode. Si ce que je désire n'existe pas, tant pis : je ne me contenterai pas d'un à-peu-près ! Je... je me passerai de l'amour. Ce n'est pas le seul but dans la vie.

— Soyez prudente, Bianca. Dans vingt ans, direz-vous la même chose ?

Elle ne répondit pas : elle était dans un état de nerfs indescriptible, les larmes menaçaient de déborder. Ils accomplirent la fin du trajet en silence.

Devant la *Casa Mimosa*, Joe arrêta le moteur et descendit pour lui ouvrir la portière.

— Merci de m'avoir ramenée, Joe. Bonne nuit... Au revoir.

— On m'a toujours appris qu'il était convenable de conduire la jeune fille jusque devant sa porte.

Ils s'avancèrent ensemble jusqu'aux marches du perron. Devant la porte, Bianca se retourna.

— Je ne vous invite pas à entrer. Nous n'avons plus rien à nous dire.

— En effet, acquiesça-t-il. Ah! Une dernière chose...

Il posa une main sur son épaule, et l'attira contre lui. L'instant d'après, elle était dans ses bras. Joe l'embrassait avec une passion féroce, qu'il avait su maîtriser au prix d'un effort considérable sur lui-même. Au début, elle voulut se débattre, se libérer de cette étreinte trop ardente, mais elle n'eut pas la force de le repousser... Et son envie de fuir ne dura pas. Comme la première fois, elle découvrit subitement en elle des sensations primitives insoupçonnées. Elle se détendit, victime consentante, en proie au vertige. Elle était trop absorbée par son bonheur, pour l'empêcher de dégrafer le haut de son chemisier. Un long frémissement la parcourut. Enfin, il s'éloigna légèrement, et plongea son regard dans le sien, l'air sévère.

— Ce sera un petit souvenir. Il vous reviendra à la mémoire dans dix ou quinze ans, quand vous attendrez encore votre Prince Charmant. Je n'ai rien d'un chevalier, je suis simplement un homme : je cherche une femme qui se donnera à moi en toute confiance, sans avoir besoin d'une sécurité artificielle. Si vous changez d'avis, vous savez où me trouver...

Elle le vit se détourner, descendre l'escalier, monter dans l'automobile, et disparaître dans la nuit. Elle avait le souffle court, haletant, son cœur battait à tout rompre. Elle avait failli succomber : son départ précipité la rassurait. Pourtant, elle était désolée de n'avoir pas su le retenir.

7

Lors de ses premiers séjours à la *Casa Mimosa* pendant les vacances d'été, Bianca avait de temps à autre aperçu au loin une colline en flammes. Un de ces sinistres causés par la cigarette d'un promeneur distrait, ou encore par un bout de verre laissé dans une clairière... Aux époques les plus chaudes, les autorités municipales interdisaient d'allumer le moindre feu.

L'incendie qui devait orienter la destinée de la jeune fille, qui devait lui donner de nouvelles perspectives sur la vie, éclata à l'endroit où elle avait rencontré Joe la seconde fois. Au début, grâce à la brise qui atténuait les flammes, elle crut que le feu s'éteindrait de lui-même. Cependant, à la tombée de la nuit, les habitants des villas au pied de la montagne commencèrent à s'affoler.

A l'aube, le lendemain, Bianca se réveilla en sursaut ; l'oreille aux aguets, elle tenta d'identifier le bruit insolite qu'elle entendait. Un craquement de brindilles... En proie à une soudaine panique, elle bondit hors de son lit, et sortit dans le jardin.

Le feu n'était pas vraiment proche, mais il couvrait déjà une surface considérable, et les vignobles en terrasses étaient maintenant menacés. Çà et là jaillissaient des nuages d'étincelles, car certains arbres au tronc creux faisaient office de cheminées.

Bianca s'habilla, puis parcourut toute la maison pour

décrocher les tableaux de sa mère, et rassembler quelques souvenirs, au cas où ils seraient obligés d'évacuer la maison. La villa n'était pas assurée, car sa structure était en grande partie composée de béton et de métal.

Une odeur âcre emplissait l'air. Bianca pénétra dans la chambre de Lucy pour la réveiller.

— Je vais voir Mme Fuller, lui expliqua-t-elle. Elle est complètement sourde sans son appareil, et ne s'est peut-être pas rendu compte de ce qui se passe. Je ne veux pas la laisser seule. Je te conseille de te lever, Lucy. A mon avis, il n'y a aucun danger, cependant des gens pourraient avoir besoin de ton aide. Seule une pluie diluvienne étouffera le feu, mais, à cette époque de l'année, c'est bien improbable...

Mme Fuller était la vieille dame pour qui elle avait refusé la première invitation de Joe. En se rendant à la villa isolée dans laquelle son amie vivait toute seule avec ses chats depuis la mort de son mari, Bianca se remémora son dernier entretien avec Joe.

Elle avait espéré, après trois semaines de tourments, que la douleur de leur séparation se calmerait. Au contraire... Ses lèvres brûlaient encore de ses baisers, son désespoir la hantait jour et nuit. Elle se consolait en songeant qu'avec Michael, son chagrin n'avait pas duré... Mais les sentiments éveillés en elle par Joe étaient d'une violence inouïe.

Elle trouva Mme Fuller dans un état d'agitation épouvantable : l'un de ses trois chats s'était enfui.

— Il est peut-être allé à la décharge publique, vous savez combien il est glouton, assura Bianca pour la réconforter. Revenez avec moi à la *Casa Mimosa* ; j'irai ensuite à sa recherche.

Billy, le disparu, était devenu énorme en complétant son régime régulier par des restes trouvés dans les poubelles. Bianca l'avait souvent aperçu dans le terrain vague servant de décharge à la localité, attendant le prochain arrivage...

106

Mme Fuller s'étant habillée et ayant préparé un petit sac, elles entreprirent de descendre vers la *Casa Mimosa*. La vieille dame berçait un chat dans ses bras, Bianca portait l'autre.

— Mon Dieu ! Que va-t-il m'arriver si ma maison brûle ? gémit Mme Fuller. Je n'ai personne, vous comprenez... personne chez qui me réfugier.

— Ne vous inquiétez pas, il n'y a aucun danger. Je vous emmène chez moi, mais c'est simplement par prudence.

Cependant, intérieurement, elle était moins sûre d'elle-même. La nuit avait été calme, toutefois depuis plusieurs jours, aux alentours de midi, le vent se levait. Le sinistre risquait alors de s'étendre de façon dramatique.

Bianca confia Mme Fuller à Lucy, puis partit en direction de la décharge publique dans l'espoir d'y retrouver Billy. Le ciel était noir de fumée.

Quand elle arriva sur la route principale, une voiture s'arrêta devant elle. Joe en descendit.

— Où allez-vous ?

Le cœur de la jeune fille s'était serré.

— Je suis à la recherche d'un chat manquant à l'appel. Et vous, en quel honneur êtes-vous ici ?

— A cause de vous, bien sûr.

— Moi ?

— Si vous aviez appris que le port était la proie des flammes, ne seriez-vous pas venue aux nouvelles ?

— Si, admit-elle après une légère hésitation.

— Eh bien... fit-il en haussant les épaules... Si vous n'avez besoin de rien, je peux sans doute proposer mes services ailleurs. Quelle est cette histoire de chat disparu ?

Elle le lui expliqua.

— Un énorme chat gris, tigré ? s'enquit-il.

— Oui, c'est bien Billy. Où l'avez-vous vu ?

— Il est mort... Ecrasé, au carrefour...

— Oh, non ! Pauvre Mme Fuller, elle va être boule-versée ! Il doit être affreux à voir !

— Pas encore, mais cela ne saurait tarder. Les Espagnols ne sont guère sentimentaux en ce qui concerne les animaux défunts.

— Je sais. Je ne peux pas le laisser là-bas. Elle serait affolée de l'imaginer ainsi, abandonné sur la route. Auriez-vous la gentillesse d'aller le chercher ? Je vais me procurer une boîte...

— Il n'en est pas question. Cependant, si vous posséder une pelle, j'accepte de creuser un trou dans le terrain vague... Montez... ordonna-t-il en lui ouvrant la portière.

De retour à la maison, Bianca lui donna l'outil demandé, puis, tandis que Joe se chargeait du travail, elle prit sur elle d'annoncer la mauvaise nouvelle à Mme Fuller. Elle s'efforçait toujours de réconforter la vieille dame lorsque Joe réapparut.

— Je vous présente Joe Crawford, madame.

— Comme c'est gentil à vous de vous occuper de mon cher Billy ! s'exclama Mme Fuller d'une voix tremblante d'émotion.

Joe s'assit auprès d'elle.

— Il n'a pas souffert, madame. Il est mort sur le coup.

— Oui, je suis soulagée de le savoir. J'aurais été désolée de l'imaginer en train d'agoniser, tout seul là-bas... sans moi...

Des larmes roulèrent sur ses joues flétries.

Ben surgit sur le seuil de la pièce, et disparut aussitôt marmonnant quelques phrases incohérentes à propos des « petites vieilles », ce qui provoqua chez Bianca un pincement de lèvres désapprobateur. Elle se leva.

— Je vais vous chercher un verre de cognac, madame Fuller.

En revenant, elle découvrit Joe, une main affectueu-sement posée sur celle de la vieille dame, murmurant des paroles rassurantes... Mme Fuller accepta l'alcool proposé par Bianca. Se sentant maintenant inutile, Joe prit congé.

La jeune fille l'accompagna jusqu'à l'automobile... Se souvenait-il, comme elle, de leur dernière rencontre ?

— Merci d'être venu, murmura-t-elle.

— Je passerai plus tard ; pour l'instant le quartier ne court aucun danger, selon moi. C'est à La Noria, je l'ai vu en venant, que cela peut devenir ennuyeux. Pas dangereux, mais désagréable pour tout le monde. Nous ne sommes pas en Californie, où les bâtiments brûlent comme du papier, Dieu merci !

— Certaines personnes risquent de souffrir de la fumée, non ?

— Je ne le pense pas, à condition de garder son calme et d'agir sans s'affoler.

— Et les étincelles ? Elles ne sont pas susceptibles d'enflammer les poutres des vérandas ?

— Ce n'est pas impossible, mais c'est improbable, affirma-t-il avec confiance. Les gens dont les villas sont entourées de pinèdes auraient tout intérêt à s'éloigner pour le moment, néanmoins je ne crois pas au désastre.

— Vous avez aperçu des camions de pompiers sur le chemin ?

— Non, car d'après ce que j'ai entendu au restaurant hier soir, les pompiers de la région s'occupent d'un sinistre encore plus important de l'autre côté, expliqua-t-il en désignant du doigt un mur de montagnes. Il est plus pressant de sauver les forêts, que les jardins des étrangers.

— Oui, bien sûr. Enfin, tout de même, les gens les plus âgés doivent s'affoler de voir le feu si proche d'eux.

— Les jeunes ont envahi la région, ils sauront se rendre utiles en cas de nécessité, comme vous avec Mme Fuller.

— S'il n'y a pas de vent aujourd'hui, et si le feu se propage dans cette direction, il sera sans doute barré par la route. Cependant, si le vent se lève, comme chaque midi depuis une semaine, nous courons à la catastrophe ! Enfin, attendons, nous verrons bien... Si, d'après vous, il n'y a pas de danger...

— Vous êtes inquiète ? Je reviendrai tout à l'heure, Bianca. De toute évidence, votre beau-père est incapable de réagir en pareilles circonstances.

— Malheureusement, vous avez raison, admit-elle. Et Peter Lincoln, qui aurait pu le remplacer, est absent jusqu'à demain.

— Je serai là à midi. Plus tôt encore, si le sinistre prend des proportions inattendues. Pour l'instant, je vais à La Noria voir se qui se passe. A tout à l'heure.

— A tout à l'heure, Joe !

— Quel jeune homme sympathique ! s'écria Mme Fuller lorsque Bianca revint au salon.

— Oui, oui... répondit distraitement celle-ci.

Il avait promis de revenir, la journée avait pour elle une tout autre signification, tout à coup... Elle n'avait pas su maîtriser ses émotions.

Peu après, Lucy partit pour son travail comme d'habitude, et Ben s'en fut à la taverne, laissant Bianca seule avec la vieille dame. Plusieurs des villas voisines étaient fermées, leurs propriétaires adorant le climat en hiver, mais trouvant les étés trop chauds. D'autres étaient louées à des vacanciers, dont la plupart semblaient se soucier fort peu de l'incendie. Bianca les vit s'en aller à la plage, comme s'il ne se passait rien d'anormal.

Vers onze heures, un couple de retraités s'arrêta à la *Casa Mimosa.* Ils séjournaient à la *Villa Fuente,* qui appartenait à leurs enfants, et paraissaient très préoccupés par la situation.

— Toutes les fenêtres sont protégées par des grilles en fer forgé, expliqua la femme d'un ton plaintif. J'ai l'impression d'être en prison. J'aurais préféré des persiennes...

— Les volets présentent certains inconvénients, m'a-t-on dit. Ils se déforment avec les intempéries, et c'est une corvée de les fermer chaque soir. Les grilles sont pratiques, car on peut tout ouvrir en grand, répondit Bianca, les yeux fixés sur les plantes grimpantes entourant l'arche de la terrasse.

Les feuilles frémissaient et, un instant plus tard, elle sentit la brise caresser son front. Le vent, en général accueilli avec joie au moment le plus chaud de la journée, était aujourd'hui redoutable.

Midi... Midi trente... Treize heures... Joe n'était pas venu. Cependant, le feu ne se rapprochait pas, car le vent soufflait dans la direction opposée à celle de la veille. Le quartier de la *Casa Mimosa* échapperait probablement au sinistre.

Néanmoins, rassurée sur ce point, Bianca commençait à s'inquiéter pour Joe. Il était maintenant quatorze heures, et il n'était pas là... Or, il n'était pas de ces hommes qui oublient leurs promesses. Il avait sûrement eu un empêchement grave. Plus les heures s'écoulaient, plus l'angoisse de la jeune fille augmentait. Enfin, n'y tenant plus, elle se précipita à la *Villa Fuente* demander au couple qui était passé lui rendre visite de s'occuper de Mme Fuller pendant une heure.

— Elle ne veut pas rentrer chez elle, et je crains de l'abandonner. Mais je dois absolument aller à La Noria...

M. et Mme Green acceptèrent cette responsabilité, et Bianca courut jusqu'à la route principale, où elle espérait trouver un automobiliste conciliant.

Elle avait mal choisi son heure : les Espagnols déjeunaient. La chance était pourtant avec elle : une voiture apparut très vite, et le chauffeur eut la gentillesse de la déposer à La Noria.

Ce quartier était à quelques kilomètres seulement de la *Casa Mimosa,* mais le spectacle qui attendait la jeune fille était horrible. Le feu était passé par là, et les habitants, réunis par petits groupes, pleuraient leurs beaux jardins dévastés. Les haies touffues de lauriers-roses ne protégeaient plus leurs propriétés, les buissons n'étaient plus que des bouts de charbon noirci, les pelouses ressemblaient à des tapis brûlés. Bianca scruta les alentours, à la recherche de la voiture de Joe, tout en saisissant çà et là quelques renseignements au gré des conversations. Les pins avaient joué le rôle de torches géantes, projetant des nuées d'étincelles dans toutes les directions ; les pompiers n'avaient hélas pas pu maîtriser les flammes à temps. Cependant, les sinistrés se rassuraient entre eux : le pire était passé. L'incendie s'éteindrait de lui-même au pied des falaises.

Bianca découvrit l'automobile de Joe, garée devant le supermarché, toutefois son propriétaire demeurait invisible.

— Vous avez vu le conducteur de ce véhicule ? Un homme très grand, un Anglais ? demanda-t-elle aux personnes qui se trouvaient là.

— Il est peut-être là-haut avec le général, suggéra un homme en désignant du doigt la colline.

— C'est le général Knight qui a organisé les secours, renchérit une femme.

— Merci, je vais voir.

Il faisait beaucoup trop chaud pour courir. Bianca portait une robe sans manches, en coton, mais, des gouttes de transpiration perlaient déjà à son front et entre ses omoplates.

Les routes étaient marquées de bornes, et bordées de poteaux pour les fils électriques, mais les villas étaient encore très éloignées les unes des autres sur ce site en cours de construction. Bientôt, Bianca aperçut au loin une maison, devant laquelle était réuni un groupe de personnes. Elle se mit à courir.

Joe n'était pas parmi eux... avec horreur, elle vit deux ambulanciers transporter une civière. Un drap blanc couvrait l'inconnu... Lorsqu'elle arriva enfin à leur hauteur, les portes du véhicule venaient de se refermer.

— Qui... Qui est-ce ? s'écria-t-elle, haletante.

— C'est le vieux monsieur qui habitait là, Miss, lui répondit-on.

— Où est le général Knight ? Je dois absolument lui parler !

— Le voilà, là-bas : celui qui a la moustache blanche.

— Général Knight ?

— Oui, en quoi puis-je vous aider, Miss ?

— Je cherche quelqu'un... Joe Crawford. Je sais qu'il est venu ici ce matin, il pensait pouvoir se rendre utile. Il est très grand, les cheveux noirs, les yeux noisette.

Le général Knight avait un certain âge, cependant il avait encore un port de tête altier, et ses sourcils broussailleux cachaient un regard vif.

— Vous êtes la femme de Crawford ?

— Non... une amie.

— Je vous conseille d'entrer dans la maison. Comment vous appelez-vous ?

— Bianca Dawson.

— Votre ami est un homme téméraire, Miss Dawson.

— Té... téméraire ?

— Quand le feu s'est propagé par ici, la plupart des habitants ont eu la sagesse d'évacuer leurs villas, laissant à quelques hommes le soin de combattre le sinistre. Les risques n'étaient pas énormes. Cependant, ici, dans cette propriété, les pinèdes sont touffues et toutes proches du bâtiment et les flammes étaient immenses. Tout d'un coup, on s'est rendu compte que personne n'avait vu M. Smith qui possède cette maison. Il est malade, le moindre choc peut lui être fatal. Personne ne s'était toutefois soucié de lui, car il n'est guère aimé par la population. Le jardin était pratiquement cerné par le feu lorsque M. Crawford s'est porté à son aide. Il a traversé le mur de flammes de justesse. Ensuite, on ne les a aperçus ni l'un, ni l'autre avant la fin de l'incendie.

M. Smith a été trouvé mort dans son salon. D'après le médecin, il était décédé depuis plusieurs heures, peut-être même depuis hier soir.

— Et Joe ?

— Il manque à l'appel, Miss. Nous supposons que, ayant découvert le cadavre, il a voulu retraverser les flammes. Il a peut-être réussi. Sinon, je crains qu'il ne soit piégé.

— Piégé ?

En dépit de la chaleur, elle frissonna, le sang glacé de terreur.

— Là-haut... dans une gorge profonde, expliqua-t-il. Le feu entourait l'abîme : la seule solution pour Crawford était de grimper par la falaise jusqu'au plateau, et de redescendre par le sentier des mules.

— Mais... La pente est abrupte, et... ces rochers sont dangereux, paraît-il.

— Je n'en sais rien. Je ne connais pas Crawford. Il m'a paru très en forme physiquement, et il n'a peur de rien. Si quelqu'un doit s'en sortir, c'est bien lui.

Ces mots résonnèrent douloureusement dans les oreilles de Bianca pendant quelques minutes. Elle se précipita dehors, et, une main protégeant ses yeux du soleil éblouissant, elle scruta la pente escarpée s'élevant dans le lointain. Elle se tourna enfin vers le général, qui l'avait rejointe à pas feutrés.

— S'il grimpait, nous le verrions, murmura-t-elle.

— Pas nécessairement : les parois sont pleines de crevasses. Les experts en matière d'escalade les appellent « cheminées », je crois. Il s'y est peut-être réfugié. Ou bien encore, il a pu atteindre le sommet, et décider de rester éloigné des flammes jusqu'à l'extinction presque complète du sinistre. Ensuite, il redescendra par où il est monté. Il est encore trop tôt pour craindre le pire.

Bianca détourna son visage afin de cacher ses larmes et le tremblement de ses mains. Si Joe était mort, elle n'aurait plus aucune raison de vivre. Jamais elle ne rencontrerait un homme comme lui. Toute sa vie, jusqu'à son dernier soupir, elle regretterait de n'avoir pas su reconnaître ses qualités profondes, de n'avoir pas saisi la chance de partager un grand bonheur avec lui.

Après tout, en quoi le mariage importait-il ? Ne valait-il pas mieux goûter aux merveilles de l'existence... l'amour, le rire, la beauté...

Quelle sotte ! Quelle sotte ! songea-t-elle avec amertume. Elle comprenait maintenant qu'elle avait refusé les propositions de Joe non par fidélité à ses principes, mais par la volonté de monnayer son amour...

La monnaie de son amour était le mariage, et elle avait toujours considéré les jeunes filles qui se donnaient pour rien comme des écervelées. Mais aujourd'hui ? Etait-elle vraiment convaincue qu'il était mal de vivre avec un homme libre, à condition de ne pas avoir d'enfants ? Non. Les plus belles histoires d'amour n'avaient jamais été bénies par l'Eglise ou l'Etat, pourtant personne n'en avait condamné les protagonistes. Au contraire, on se souvenait d'eux, car leur amour l'avait emporté sur tout le reste. A présent, le remords la rongeait.

— Vous êtes en vacances ici ? lui demanda le général.

Au prix d'un effort surhumain, elle dissimula son désarroi grandissant.

— Non, j'habite ici. Joe Crawford possède un bateau amarré dans le port. Il joue du piano chez *El Delfin.* Vous y êtes déjà allé ?

— Non, mon épouse et moi sortons rarement. Nous préférons dîner à la maison... Il joue du piano, dites-vous ? C'est étonnant, je l'aurais pris pour un militaire, comme moi. Ce doit être sa façon de se tenir.

— Il a servi quelques années dans la Légion étrangère espagnole.

— Vraiment ? C'est très intéressant ! Ecoutez-moi, Miss Dawson, le mieux pour vous serait de rentrer avec moi et de rester avec ma femme. Pendant ce temps, je vais envoyer quelques-uns de mes hommes là-haut, à sa recherche.

— Je préférerais les accompagner.

— Il n'en est pas question. Vous abîmerez vos jolies sandales et vous vous salirez pour rien. Mieux vaut suivre mon conseil, ordonna-t-il d'un ton péremptoire.

Bianca chassa vivement de son esprit les visions d'horreur qui l'envahissaient. Que trouveraient les hommes ? Il ne fallait surtout pas perdre espoir. Pas encore...

L'épouse du général la reçut chez elle avec beaucoup de gentillesse. Elle savait par expérience ce que pouvait éprouver une femme attendant un mari qui risquait de ne jamais revenir.

— Cela ne vous ennuierait pas trop de m'aider à nettoyer ces carreaux ? lui proposa son hôtesse dès que le général fut parti.

Elle tendit à Bianca un chiffon, et lui suggéra d'épousseter les rebords des fenêtres, encrassés par la fumée et la poussière de cendres. Elle-même passa l'aspirateur dans la salle à manger. Cette tâche domestique permit à Bianca de se maîtriser. Une seule fois, en rinçant son chiffon, elle jeta un coup d'œil par la fenêtre. La vue du jardin des Knight, brûlé, la découragea.

Je vous en prie, ne mourez pas, Joe ! priait-elle en silence, inlassablement. Je ne le supporterais pas ! Je ne pourrais pas vivre sans vous. Je ne savais pas combien je vous aimais, de toutes mes forces !

Une voiture s'arrêta soudain devant la maison. La jeune fille courut vers le vestibule, suivie par Mme Knight.

A son grand étonnement, elle vit M. Green descendre du véhicule, puis le général Knight. Un instant plus tard, une silhouette charbonneuse surgit.

— Joe !

Elle se précipita vers lui : elle lui aurait sauté au cou si le général ne l'en avait empêchée.

— Attention, Miss Dawson ! Il est très sale... En plus, il s'est brûlé le bras.

Elle remarqua alors le coude de Joe, enveloppé dans un linge blanc.

— Oh, Joe... Vous êtes sauvé ! murmura-t-elle d'une voix rauque.

— Oui, je vais bien. Je suis désolé de n'être pas passé à la *Casa Mimosa* comme promis. Je pensais que vous vous inquiéteriez. C'est pourquoi j'y suis allé directement ; et là, j'ai appris que vous étiez ici.

— Entrez, je vais soigner votre plaie, intervint Mme Knight. Je suis infirmière, ou plutôt je l'ai été... C'est ainsi que j'ai rencontré mon mari. C'était aux Indes, il avait été blessé...

Bianca tressaillit en voyant la chair mutilée, mais Mme Knight la rassura.

— Mieux vaut le soigner tout de suite. Ensuite, nous couvrirons son pansement d'un sac en plastique : il pourra ainsi se doucher. Il empruntera aussi au général des vêtements propres pour rentrer chez lui. Il faudra aller consulter un médecin pour un vaccin.

— Vous nous avez fait peur, Crawford ! Que s'est-il passé ? interrogea le général.

— Comme vous avez pu le deviner, j'ai trouvé le vieil homme mort dans son salon. Plutôt que d'attendre là, j'ai décidé de passer par la gorge et de redescendre de l'autre côté. Mais, je vous l'ai expliqué, il n'y avait personne chez Bianca. M. Green a très gentiment proposé de m'amener ici en voiture.

— Vous avez pris de gros risques en passant par là, non ?

— Pas vraiment... Je connaissais bien le terrain, c'est moins dangereux qu'il n'y paraît... J'ai suivi un entraînement en escalade.

— Je vais retrouver ma femme, intervint M. Green.

Et vous, Miss Dawson ? Puis-je vous déposer chez vous ?

Elle se tourna vers Joe. S'ils avaient été seuls, elle lui aurait tout avoué. Ici, entourée de trois inconnus, elle chercha un moyen détourné de lui demander un entretien en tête à tête.

— Vous serez incapable de vous servir de votre bras. Voulez-vous que je vous prépare à dîner, ce soir ?

— Merci, Bianca, mais c'est inutile. J'irai au restaurant comme d'habitude.

— Vous... Vous n'allez pas travailler ? C'est impossible, avec un bras en écharpe !

— Ne vous affolez pas, ce n'est rien ! Je ne jouerai pas des merveilles, de toute façon, personne ne s'apercevra des fausses notes supplémentaires.

— La brûlure est superficielle, renchérit Mme Knight. Ce n'est pas joli pour l'instant, cependant ce sera vite guéri.

Bianca vit M. Green tripoter ses clés avec une certaine impatience.

— Bien... Je suis si heureuse que vous soyez sain et sauf, murmura-t-elle...

— Il était inutile de vous inquiéter, je n'ai couru aucun danger. D'ailleurs, à présent oubliez ce sinistre. Les flammes sont presque éteintes.

— C'est une excellente nouvelle, mon épouse sera ravie, déclara M. Green. Nos vacances ont assez mal commencé... Au revoir, à bientôt.

— Au revoir, Joe, ajouta Bianca par-dessus son épaule.

Il se leva.

— Au revoir, Bianca.

A quoi songeait-il ? Son visage était impassible, son regard indéchiffrable.

— Il est très bel homme, quand il est propre, constata M. Green en démarrant.

— En effet, répliqua-t-elle, flattée.

Elle regrettait presque de s'être comportée de manière typiquement anglaise : rigide, réservée. A sa place, une Espagnole eût déversé toute sa misère et son chagrin. Si Bianca s'était autorisée à pleurer, Joe aurait compris combien elle avait besoin de lui. Ou encore, si elle avait avoué son anxiété à Mme Knight, celle-ci aurait pu glisser une phrase significative dans la conversation... « vous n'imaginez pas dans quel état Miss Dawson en attendant de vos nouvelles »...

Oh ! Joe savait qu'elle l'aimait. En revanche, il ignorait qu'elle était prête à balayer pour lui tous ses principes, et ses doutes...

8

Si elle avait été totalement libre, Bianca aurait réagi
dès le lendemain matin : elle serait allée retrouver Joe
sur son bateau, et lui aurait déclaré ouvertement ses
sentiments : elle avait changé d'avis, et acceptait ses
conditions.

Ce qui la retenait maintenant, c'était la crainte de
donner le mauvais exemple à Lucy. Si, brusquement, en
contradiction avec tout ce qu'elle avait prêché jusque-là,
Bianca prenait la décision de vivre avec Joe, cela aurait
une grande influence sur le comportement de sa demi-
sœur.

Bianca se considérait comme une jeune fille mûre,
réfléchie. Elle avait choisi en toute lucidité de rejoindre
l'homme qu'elle aimait. Cependant, si Lucy se piquait
de suivre le même chemin, cela la mènerait à une série
de catastrophes !

Néanmoins, les scrupules de Bianca furent rapidement dissipés par un événement inattendu : Lucy s'était
enfuie en Angleterre. Bianca le découvrit lorsque, deux
jours après le sinistre, en rentrant du marché, son
regard tomba sur une feuille de papier posée sur la table
de la cuisine :

« Ma chère Bianca. Quand tu liras ceci, je serai déjà
dans l'autocar, en route pour Londres. Dès mon arrivée, je téléphonnerai à Mark, il s'occupera de moi. Je

ne voulais pas te prévenir plus tôt, car tu aurais essayé de me retenir. Moi, je n'ai plus de temps à perdre. A un de ces jours. Bonne chance. Lucy. »

Elle relut ce message trois fois de suite, partagée entre le soulagement et l'inquiétude. Elle était débarrassée du « problème Lucy », mais devait-elle partir à sa poursuite ? Ou bien lui fallait-il admettre le fait accompli, et, par la même occasion, profiter de cette nouvelle liberté pour obéir à ses propres instincts ?...

Ben rentra quelques heures plus tard, et Bianca lui annonça le départ de sa fille. Il parut surpris, puis indifférent... Elle avait mal choisi son moment : il venait de fêter une vente exceptionnelle de tableaux à un groupe de touristes. Mais avec lui, il était toujours difficile de savoir à quoi s'en tenir. Aussi fut-elle sidérée, lorsque, subitement, il explosa :

— Quoi ? Tu as osé la laisser partir avec le fils de ce bouffon ! Je ne supporte pas ce garçon ! Je n'ai jamais pu le supporter ! Il se prend pour un roi parce qu'il a de l'argent. Où est la lettre de Lucy écrite à mon intention ?

— Dans ta chambre, sans doute. Je n'ai pas regardé.

Sa supposition était exacte : Lucy avait adressé une brève missive à son père, et l'avait posée sur son lit. Si Ben avait bu quelques verres de cognac supplémentaires, il aurait probablement pleuré à chaudes larmes, avant de s'endormir. Au lieu de cela, il eut une idée : ordonner à Peter d'intercepter le car à la frontière, et de lui ramener sa petite Lucy.

— Ben, c'est absurde ! Il n'a pas le droit de faire cela, ce n'est pas à lui d'intervenir. C'est toi, le responsable de Lucy. Cependant, même si tu possédais une automobile et si tu étais en état de la conduire, tu ne pourrais récupérer Lucy contre son gré.

— Moi non, mais lui, oui ! C'est son fils qui a débauché ma fille ! C'est à Peter Lincoln de résoudre le problème ! Sa Mercedes rattrapera vite le car ! Je vais le voir immédiatement. Si Lucy n'est pas ici dans les vingt-quatre heures, je préviendrai la police !

Pendant le court trajet entre les deux villas, elle tenta en vain de le raisonner. Mais rien, ni les arguments ni même la force physique n'auraient pu l'empêcher d'avancer.

Bianca espérait que Peter serait absent... Malheureusement, il était chez lui. Il écouta sans mot dire la tirade de Ben Hollis. Bianca se tenait à ses côtés, muette, de plus en plus confuse. A sa grande surprise, Peter réagit avec calme :

— En effet, nous devons retrouver cette jeune fille. Cependant, nous ne pouvons prendre en chasse le car. Elle sera à Londres dans trente-six heures. Je prendrai le premier avion, et je l'accueillerai à son arrivée à la gare routière. Vous avez subi un grand choc, Hollis, buvons un verre.

Ben avala sa dose d'alcool d'un trait, puis se laissa tomber mollement dans un fauteuil. Peter avait affronté la situation de la meilleure façon possible. A présent, Ben était anesthésié, et, dans dix minutes, il dormirait.

— Tomas va m'aider à le ramener à la *Casa Mimosa*, déclara Peter. Je ne veux pas de cette épave dans mon salon toute la nuit.

Cette tâche étant accomplie, il renvoya son domestique et entretint Bianca de ses projets.

— Je parlais sérieusement. Hollis prendra l'avion demain matin, avec moi. S'il est vrai... je n'en suis pas certain... que Mark a encouragé Lucy à agir ainsi et s'il désire l'épouser, je ne peux l'en empêcher. Cependant, je vous préviens, Bianca : je ferai tout pour les dissuader d'une telle folie. Si j'échoue, je forcerai Hollis à entrer dans une clinique spécialisée...

— Si c'est pour le bien de Mark, et non le mien, je ne m'y oppose pas, Peter...

— J'ai compris que je n'avais plus rien à espérer de vous, Bianca. Vous aviez sans doute raison, la différence d'âge entre nous est trop grande. Je vous conseille maintenant de vendre cette villa pendant qu'il en est encore temps. L'époque est bonne, surtout si vous demandez un prix raisonnable ; vous serez ainsi délivrée d'un souci important. Votre mère a commis une erreur en épousant ce vaurien, mais ce n'est pas une raison pour vous encombrer de son mari indéfiniment. Vivez, soyez heureuse. Vendez tout, rentrez en Angleterre et chassez de votre esprit les mauvais souvenirs de ce séjour en Espagne.

— Ben refusera peut-être de vous accompagner.

Cependant, pour une fois, Peter sut se montrer ferme et, le lendemain, il parvint à convaincre Ben de prendre l'avion avec lui. Ils venaient de partir... Bianca était libre. Libre de rejoindre Joe.

Cependant, elle ne pouvait obéir à son désir tout de suite, car Peter avait promis de l'appeler dans la soirée. Après cela, Joe jouerait au restaurant... Elle devait attendre jusqu'au lendemain. Tant mieux, au fond, elle aurait ainsi le temps de se détendre, de respirer, de marquer une pause entre le passé et le futur.

Combien de temps durerait-il, ce futur ? Elle ne voulait pas le savoir...

A l'instant précis où elle se réveilla le lendemain matin, elle sut que cette journée serait particulière dans sa vie.

Elle prit son petit déjeuner sur la terrasse, en écoutant de la musique. Peter avait téléphoné la veille, brièvement. Ils avaient retrouvé Lucy et partaient à la recherche de Mark. Il avait annoncé son intention de rappeler. Elle avait répondu avec indifférence : elle avait besoin de se retrouver seule, d'ignorer les autres.

Craignant d'arriver trop tôt chez Joe, elle se promena un long moment en ville, contemplant les vitrines, examinant les petites annonces dans les agences immobilières. A quel prix pourrait-elle vendre la *Casa*

Mimosa ? Peut-être s'achèterait-elle ensuite un petit appartement... Mais Joe ne l'admettrait pas. Il lui demanderait de s'installer à bord de *La Libertad,* avec lui. Enfin... Elle pourrait au moins avoir un pied-à-terre, au cas où leur essai de vie commune s'avérerait décevant. En attendant, elle le louerait aux vacanciers... Ces pensées d'un réalisme déconcertant la quittèrent quand elle pénétra dans le port. Joe n'était pas sur le pont, mais il surgit au bout de deux secondes en entendant ses appels répétés.

— Bonjour, *señorita* !

— Bonjour ! Me permettez-vous de monter ?

— Avec plaisir !

Il vint la chercher avec son canot pneumatique.

— Comment va votre bras ? s'enquit-elle. Vous ne pouvez pas encore nager, j'imagine...

— En couvrant le pansement, je parviens à me baigner. Que puis-je faire pour vous, Bianca ?

— Je... Si nous descendions dans la cabine ? C'est... c'est assez important.

— Volontiers, si vous n'avez pas peur pour votre réputation.

— Cela m'est égal, à présent, souffla-t-elle. Je... J'ai changé d'avis, Joe. Si... Si vous voulez encore de moi, je suis là.

Il ne réagit pas tout de suite. Ils se regardèrent, longuement, Bianca rougissante, Joe imperturbable. Un frémissement d'horreur la parcourut... Il avait peut-être changé d'avis, lui ! Enfin, il prit le visage de la jeune fille dans ses mains et l'embrassa.

— Je vous veux pour moi tout seul, ma chérie...

Il l'étreignit avec fougue, puis, d'un mouvement preste, voulut l'entraîner vers une autre cabine, à la proue. Soudain, il s'immobilisa.

— Oh ! Mon Dieu ! J'avais oublié les Maxwell !

— Qui ?

— Des gens que j'ai rencontrés sur la plage, et invités

à bord pour la journée. Ils arrivent à onze heures et demie. Il est... onze heures vingt-quatre... Je ne peux tout de même pas me dédire en leur expliquant que ma douce amie est revenue, et que je préfère l'emmener... ailleurs. Je suis désolé, mon ange. Nous allons devoir supporter ce couple le temps d'une excursion, et nous arranger pour les ramener ici le plus tôt possible.

— Cela ne fait rien. Nous avons toute la soirée. C'est votre jour de repos, non ?

— Oui... Ah ! Les voilà... Je vais à leur rencontre. Vous ne serez pas revenue sur votre décision quand nous rentrerons ce soir, n'est-ce pas ? Sinon, je les renvoie sur-le-champ.

— Non, je reste. Tant que nous serons heureux ensemble...

Bianca aurait volontiers profité de la compagnie des Maxwell en une autre circonstance, car ils étaient charmants. Steve, géologue, avait voyagé à travers le monde entier. Il était venu en Espagne avec son épouse Mary à la recherche d'une résidence secondaire. Ils s'étaient mariés très jeunes et avaient deux enfants adultes, que Mary semblait presque considérer comme des amis.

— Où sont-ils en ce moment ? lui demanda Bianca tandis qu'ils dégustaient un apéritif sur le pont.

— Mon fils est étudiant en médecine, ma fille est danseuse et rêve de devenir étoile. D'ici là, elle s'éprendra d'un Prince Charmant, et oubliera ses ambitions, comme moi autrefois. Mais assez parlé de nous. Racontez-nous votre vie. Vous êtes en vacances ?

Bianca leur expliqua comment elle était arrivée en Espagne. Mme Maxwell était certainement curieuse de savoir quelle était sa relation avec Joe, cependant elle demeura discrète.

Ils avaient jeté l'ancre dans une baie tranquille, et Joe leur proposa une baignade avant le déjeuner. Les

Maxwell, excellents nageurs, se dirigèrent aussitôt vers la plage, mais Joe et Bianca ne les rejoignirent pas.

— Pourquoi avez-vous changé d'avis ? murmura-t-il en se rapprochant d'elle.

— L'incendie... J'ai cru que vous étiez mort.

— Que diront Ben et Lucy en ne vous voyant pas rentrer ce soir ?

— Ils sont partis, répliqua-t-elle en expliquant tous les événements de la veille.

— La vie avec moi ne sera pas une croisière de luxe, vous en êtes consciente, n'est-ce pas ? Parfois, ce sera même assez dur...

— Je n'ai pas besoin de vivre dans le confort.

— La plupart des jeunes filles désirent plus que ce que je peux vous offrir.

— Vous avez donc de la chance d'être tombé sur moi... Les Maxwell sont gentils, non ?

— Le jour où je les ai rencontrés, je l'ai pensé en effet. Aujourd'hui, je me serais bien passé d'eux.

L'heure était venue de manger. Ils s'installèrent à l'ombre d'un parasol pour pique-niquer. Après le repas, les hommes s'en furent derrière les rochers, à la pêche aux crustacés.

— Il est adorable, votre Joe ! s'exclama Mme Maxwell.

— « Mon » Joe ?

— Vous paraissez très proches. Je me suis peut-être trompée...

— Non, vous avez raison, mais comment l'avez-vous deviné ?

Bianca ne se souvenait pas d'avoir échangé un regard ou une caresse avec Joe qui eût pu trahir leurs rapports.

— C'est mon intuition : vous semblez vous entendre à merveille.

— Ah bon ? Je l'espère...

Tout d'un coup, Bianca ne put s'empêcher d'envier à cette femme l'anneau qu'elle avait à la main gauche.

Elle avait appris et compris le jour de l'incendie que le plus important était d'aimer, et d'être aimée. Pourtant, elle aurait tant apprécié de pouvoir porter le symbole de l'amour de Joe à son doigt. Elle s'engageait totalement envers lui, cependant elle ne parvenait pas à oublier ce qu'il lui avait dit plus tôt : « Je vous veux pour moi tout seul... » Il n'avait pas prononcé les mots magiques : « Je vous aime... »

Steve Maxwell était un excellent marin, et, au retour, Joe lui confia la barre pour rejoindre Bianca, allongée sur le toit de la cabine.

— J'ai précisé tout à l'heure que notre budget risquait d'être parfois très modeste, déclara-t-il. Ces jours-ci, ce n'est pas le cas. Que penseriez-vous d'un dîner au restaurant, ce soir ?

Il lui proposa les deux établissements les plus réputés de la région, dont celui où elle l'avait aperçu en compagnie de Mme Russell... Depuis, elle avait chassé cette femme de son esprit, mais, subitement, ce rappel l'irrita.

— Nous n'obtiendrons jamais une table sans avoir réservé à l'avance, répondit-elle. De toute façon, nous serons aussi bien à bord, vous ne croyez pas ?

— Moi, oui. Cependant, je ne voudrais pas vous voir déçue. A une autre époque de l'année, je vous aurais emmenée très loin, dans une île, pendant une ou deux semaines... Malheureusement, mon patron serait furieux si j'arrêtais de travailler sans lui donner de préavis.

— Oh, non, vous ne pouvez pas lui faire cet affront ! Ce serait malhonnête. D'ailleurs, nous passerons toutes nos journées ensemble.

— Et une grande partie de nos nuits, murmura-t-il en passant un bras autour de ses épaules, et en déposant un baiser sur ses paupières. Bientôt, nous serons enfin en tête à tête. Avez-vous pensé à apporter vos affaires, ma chérie ?

— Oui, quelques-unes : ... une chemise de nuit, des mules et ma brosse à dents.

— Je... Je suis le premier, Bianca ?

— Je... Oui. Vous ne le saviez pas ?

— Je m'en doutais plus ou moins, mais il y avait ce garçon, Michael Leigh. Et puis, vous êtes majeure.

— Est-ce rare pour une jeune fille de mon âge d'être encore innocente ?

— On le dit, mais qui sait ? Les statistiques en ce domaine me paraissent bien artificielles.

Elle posa sa joue sur son épaule et vit, de près, sa nuque puissante, son menton volontaire, sa peau rugueuse... Il se rasait juste avant de jouer chez *El Delfin*. Du bout du doigt, elle suivit le contour de son profil.

Joe se pencha pour l'embrasser.

— Tout à l'heure, je vais me raser ; sinon demain matin, vous aurez le visage meurtri, *vida mia*...

Employait-il ce diminutif espagnol pour éviter une expression anglaise trop sentimentale ? Comment pouvait-elle être assez folle pour oser croire en lui ? Elle n'avait aucune expérience, lui avait vécu toutes sortes d'aventures, dans tous les sens du terme... Ne se lasserait-il pas bientôt d'une jeune fille insignifiante comme elle ?

Joe reprit la barre pour pénétrer dans le port. En leur absence, un autre bateau avait pris leur place, mais Joe haussa les épaules et, avec une grande habileté, fit glisser *La Libertad* le long du quai. Les Maxwell acceptèrent un dernier verre avant de prendre congé.

— Nous avons passé une excellente journée. Nous nous demandions si Bianca et vous aimeriez déjeuner avec nous dans un restaurant, à une trentaine de kilomètres au sud...

— Ce serait avec plaisir, répondit Joe, mais nous ne sommes pas libres pendant toute cette semaine. La semaine prochaine, si vous êtes d'accord ?

Ils arrêtèrent une date précise, puis les Maxwell partirent. Joe fut hélé par un de ses voisins, et Bianca descendit dans la cabine pour laver la vaisselle entassée dans l'évier depuis le déjeuner.

Elle avait à peine commencé que déjà, il s'approchait derrière elle. Elle l'entendit fermer la trappe et, soudain affreusement intimidée, rougissante, lui proposa :

— Voulez-vous une tasse de thé ?

Il sourit, le regard étincelant.

— C'est une plaisanterie, j'espère ? Je vous veux, vous, ma chérie. Séchez vos mains, et venez ici.

Elle obéit, le cœur battant.

— Vous êtes nerveuse ? N'ayez aucune crainte, murmura-t-il en l'attirant contre lui.

Il la serra de toutes ses forces et l'embrassa, tout doucement d'abord, puis, la sentant se détendre, de plus en plus ardemment. Au bout de quelques minutes, elle sentit qu'il l'entraînait vers la cabine, à la proue du voilier.

Tremblante mais soumise, elle ne protesta pas tandis qu'il dégrafait le haut de son chemisier, tout en l'étouffant de baisers... Ce fut à cet instant précis qu'un coup retentissant au-dessus de leurs têtes les surprit.

— Qu'est-ce que c'est ? souffla-t-elle, perplexe.

— On frappe à la porte. Quel est l'imbécile qui ose me déranger maintenant ? s'exclama-t-il, furieux.

L'inconnu persistait, hurlant un torrent de phrases incohérentes en espagnol.

— Je vais voir, soupira Joe.

D'un mouvement souple, il la souleva dans ses bras et la déposa sur le lit. Puis il se pencha sur elle pour l'étreindre une dernière fois avant de monter.

— Je n'en ai pas pour longtemps...

Bianca demeura immobile, en proie à une intense émotion, partagée entre la joie et la peur. Enfin, percevant le claquement sec de la trappe, elle réagit. Un événement important, sans doute grave, venait de se produire... Elle se leva et pénétra dans le cockpit, où il discutait avec un jeune Espagnol. Il lui sembla avoir déjà vu celui-ci quelque part, mais il parlait trop vite pour qu'elle comprenne ce qu'il racontait. Joe, d'un geste de la main, lui fit signe de se taire et se tourna vers Bianca.

— C'est l'un des serveurs, chez *El Delfin*. Ils ont reçu un appel extrêmement urgent pour moi. Je dois y passer tout de suite.

— Je vous accompagne ?

— Non, j'y vais avec sa moto. Je reviens... !

Quand le vrombissement du moteur se fut évanoui dans le lointain, Bianca grimpa lentement les marches du quai pour se percher en haut du mur entourant le port, et les regarder disparaître à l'horizon.

Elle frissonnait... et se frictionna vigoureusement les bras. Elle n'avait pas vraiment froid : l'air de cette fin d'après-midi d'été était doux. Non, c'était une réaction d'angoisse.

Elle ne savait pas qui avait téléphoné à Joe, ni pourquoi, et elle prit conscience tout d'un coup de l'énormité de son acte : elle aimait Joe, mais elle le connaissait à peine ! S'ils n'avaient pas été interrompus, elle serait en ce moment dans ses bras, découvrant avec lui l'une des expériences les plus extraordinaires de la vie.

Une demi-heure plus tard, la moto demeurait toujours invisible, et Bianca commençait à s'impatienter. Brusquement, à sa grande surprise, elle aperçut le Hollandais, directeur d'*El Delfin*. Celui-ci se dirigeait d'un pas vif vers *La Libertad*. Il avait dû arriver en voiture et la garer de l'autre côté de la barrière. Elle se précipita vers lui.

— Où est Joe ?

— Ah, Miss Dawson, bonsoir. Joe est sur le chemin de l'aéroport. Avec un peu de chance, il attrapera le dernier avion de justesse.

— Le dernier avion ?

— Oui... C'était une course contre la montre... Il n'a pas eu le temps de repasser ici préparer une valise et vous dire au revoir. Il m'a chargé de vous remettre ceci.

L'homme extirpa de sa poche un bout de papier blanc, plié en deux. Le message était bref :

« Désolé, obligé de partir immédiatement. Téléphonnerai à midi demain pour tout vous expliquer. »

Il n'avait même pas pris la peine de signer... Pas un « je vous aime », pas un « baisers »... Rien...

— Il me prévient qu'il m'appellera demain. Il composera le numéro de votre établissement, je suppose.

— Sans aucun doute.

— Il ne dit pas pourquoi il a dû s'en aller aussi précipitamment. Vous êtes au courant ?

Il secoua la tête négativement.

— Non. Tout de suite après avoir obtenu Marbella, il s'est renseigné à l'aéroport pour connaître les horaires des vols. Tout en les écoutant, il m'a demandé un bout de papier pour griffonner ce message. Un taxi venait de déposer des clients, il a ordonné à l'un des serveurs de le lui retenir. Pendant ce temps, je suis allé chercher de l'argent liquide pour le dépanner. Heureusement, j'avais aussi son passeport dans mon coffre, sinon il aurait perdu un temps précieux en revenant ici pour le prendre. Il préfère garder ses documents et ses objets de valeur à terre, dans la mesure du possible.

— Je vois... Je devrais donc attendre demain pour comprendre ce qui se passe.

— A moins qu'il ne rate son avion... Dans ce cas, il vous appellera cette nuit d'un hôtel. Voulez-vous retourner avec moi au restaurant ?

— C'est gentil à vous de me le proposer, mais non merci. Je vais tout fermer ici, et rentrer chez moi. A demain. Bonsoir, monsieur.

— Bonsoir, Miss Dawson.

Tandis qu'il se détournait, une bribe de son discours

lui revint en mémoire... Marbella... La dernière fois qu'elle avait entendu parler de Marbella... Mais oui ! C'était le soir où Joe lui avait présenté Mme Russell ! La riche veuve en quête d'une résidence secondaire dans le sud... Bianca rappela le Hollandais.

— La communication était en provenance de Marbella, m'avez-vous dit. Savez-vous de qui il s'agissait ? Etait-ce une certaine Mme Russell ?

— C'est cela, Helen Russell. Vous la connaissez ?

— Nous avons été présentées l'une à l'autre. Elle a séjourné ici quelques jours, il y a déjà plusieurs semaines. Merci. Bonsoir !

Elle revint lentement vers *La Libertad.*

— Extrêmement urgent... murmura-t-elle pour elle-même.

Etait-ce la vérité ? Ou bien cette femme avait-elle le pouvoir de soumettre Joe à ses moindres caprices ? « Je ne le crois pas... Je ne veux pas le croire », se répétait-elle intérieurement. Joe ne m'abandonnerait pas ainsi pour elle. Pas ce soir. C'est impossible !

Impossible ? Et pourquoi pas, après tout ? Ils se connaissaient à peine. Elle n'avait aucune emprise sur lui. Elle était plus jeune, moins sophistiquée que cette belle inconnue. Pourquoi laisserait-il passer sa chance, puisque Helen Russell l'appelait auprès d'elle ?

9

Bianca avait eu l'intention de fermer *La Libertad* à clé, et de rentrer chez elle pour la nuit. Cependant, après avoir tout rangé, elle changea d'avis : elle dormirait à bord.

C'était le moment ou jamais d'explorer la chambre du propriétaire de ce bateau immaculé... Elle y découvrirait peut-être quelques indices sur sa personnalité. Son regard tomba tout d'abord sur deux photographies encadrées, accrochées au-dessus d'une commode vissée au sol.

L'une d'entre elles représentait une femme âgée, qui, à l'instant où le photographe avait opéré, plantait des pétunias. Elle souriait... Etait-ce la grand-mère dont Joe lui avait parlé, celle qui lui avait appris les rudiments de la musique ? Si oui, elle semblait adorable... une de ces vieilles dames qui, malgré leurs cheveux blancs, ont le regard vif, et sont d'une activité débordante.

La seconde photo montrait deux jeunes hommes en uniforme, l'un à la chevelure blonde, aux traits nordiques, l'autre au teint bronzé et aux yeux noisette, pétillants de malice...

Elle examina longuement ce portrait de Joe en compagnie d'un de ses amis légionnaires. Tous deux étaient coiffés d'un chapeau d'où pendaient des glands écarlates. Les manches de la veste de Joe étaient ornées de plusieurs galons. A cette époque, il devait avoir dix-neuf ou vingt ans. Depuis, la vie et l'expérience avaient ôté à son visage son aspect juvénile. Mais déjà à cette époque-là, une lueur brûlante dansait dans ses yeux...

Selon toute apparence, sa grand-mère et son ami de la Légion représentaient ses souvenirs les plus chers. Bianca ne vit aucune photo de ses parents, aucun portrait d'amie...

Au-dessus de son lit était accroché un tableau figurant un voilier ancien à trois mâts. En face, elle découvrit une bibliothèque comprenant une collection de livres divers, dont la plupart traitaient de la mer. Elle aperçut un ouvrage plus grand que les autres, et le sortit pour le feuilleter ; comment avait-il pu s'offrir une pareille merveille ? Les livres d'art valaient des sommes folles, et celui-ci était probablement très onéreux. Mais bientôt, elle comprit... C'était un cadeau... Une feuille avait été glissée entre les pages... « Merci pour ces dix jours extraordinaires. Helen »... Mme Russell le lui avait donné plus de deux ans auparavant. Bianca n'avait plus le cœur à contempler les illustrations. Elle rangea le volume sur son étagère.

Elle se leva, et défroissa d'un geste machinal le couvre-lit. Même ici, dans sa chambre, tout était impeccablement ordonné. Un sous-main en cuir ornait le bureau, une robe de chambre en éponge bleu marine pendait à un crochet... Un vêtement de bonne qualité : d'après l'étiquette, il provenait d'une des boutiques les plus prisées de Londres... Encore un cadeau d'Helen ?

Honteuse de sa curiosité et de son indiscrétion, Bianca soupira. Helen avait-elle logé ici, dans cette cabine ? Avait-elle trompé son mari avec Joe ? « Dix jours extraordinaires »... La jeune fille remonta précipitamment sur le pont supérieur. Un sentiment de jalousie intense l'étreignait, et elle s'en voulait à hurler.

Le soleil se couchait à l'horizon, énorme disque rougeoyant. D'innombrables couples se promenaient le long du quai... Son regard s'attarda sur une longue traînée blanche, tout là-haut dans le ciel. Si Joe avait réussi à prendre son avion à temps, il était quelque part dans les nuages en ce moment. A qui pensait-il ? A Bianca ? Ou bien à la femme qui l'accueillerait dans le sud ?

— Bonsoir, Bianca...

Elle se retourna vivement, surprise, et reconnut Rufus.

— Ah... Bonsoir, comment allez-vous ?

Depuis sa maladie, il n'avait pas repris ses recherches pour la rédaction de ses mémoires. Bianca lui rendait visite à intervalles réguliers, mais elle n'était pas passée chez lui depuis au moins une semaine.

— Je suis en pleine forme ! répondit-il. Je me suis baigné deux fois aujourd'hui. Je ne nage pas encore, je me contente de flotter tranquillement. A présent, j'accomplis ma marche quotidienne jusqu'au bout du débarcadère.

— Puis-je vous accompagner ?

— Avec grand plaisir, ma chère enfant. Où est Joe ? C'est son soir de repos, non ?

— Oui, mais malheureusement il a été appelé d'urgence dans une autre ville. Je ferme tout à clé, j'en ai pour une minute !

Tandis qu'elle le rejoignait sur le quai, elle lui expliqua ce qui était arrivé.

— Hum ! Curieux... vraiment très curieux, marmonna-t-il en l'entendant dire qu'elle ne connaissait pas encore les raisons de ce départ précipité. Ecoutez, pourquoi ne pas dîner avec moi avant de rentrer chez vous ? Nous vous trouverons un taxi, j'espère. Je ne suis guère rassuré de savoir une femme seule sur la route en train de héler les automobilistes complaisants. Cela peut être dangereux... Vous prendrez un taxi, ma chère.

— Oui, bien sûr... seulement... voilà... je ne retourne pas à la *Casa Mimosa*.

Elle lui raconta en détail les raisons pour lesquelles Ben et Lucy n'y étaient plus, puis lui déclara que la villa serait bientôt à vendre. Poussée par un irrésistible désir de se confier au vieux marin, elle poursuivit :

— Vous ne l'approuverez sans doute pas, Rufus, mais Joe et moi avons décidé... d'unir nos forces. C'est-à-dire... nous l'avions décidé, avant ces événements imprévus. Maintenant, je ne sais plus très bien où j'en suis...

— Je vois, murmura-t-il en l'observant à la dérobée. Je l'avoue en toute franchise, j'aurais préféré que vous fondiez un foyer selon la tradition. Vous y viendrez peut-être plus tard. De toute façon, j'en ai la certitude, vous vous entendrez parfaitement et serez heureux ensemble. Vous êtes faits l'un pour l'autre.

— Vous le croyez vraiment ?

— Je l'affirme : je n'ai encore jamais rencontré deux êtres plus complémentaires que vous.

— Je... J'aime Joe, de toutes mes forces, de tout mon cœur, cependant j'ai le pressentiment que l'incident d'aujourd'hui va changer certaines choses entre nous. Je ne devrais pas parler de lui derrière son dos, mais il est si mystérieux, Rufus ! J'ignore où il est né, où il a été élevé, par qui, j'ignore tout de lui ! Parfois, cela m'inquiète.

Rufus réfléchit longuement avant de répondre. Enfin, il hocha la tête.

— Pour employer un terme à la mode, Joe cache bien son jeu. Comme vous, je me suis souvent rendu compte à quel point son passé est secret. Néanmoins, chassez de votre esprit tous vos doutes le concernant. Parmi les expatriés, il y en a toujours un ou deux qui ne peuvent retourner dans leur pays sous peine d'y être accueillis par la police. Ce n'est sûrement pas le cas de Joe. Il a parfois des côtés diaboliques, mais c'est un individu sain, honnête, et intègre.

Ils avaient déjà parcouru le trajet jusqu'au bout du

quai, et arrivèrent devant le *Pago Pago*. En montant à bord, Rufus déclara :

— Le repas sera bientôt prêt : j'avais épluché les pommes de terre et les oignons avant de sortir.

— Je ne veux pas vous priver de la moitié de votre dîner, protesta Bianca.

Elle n'avait pas faim, mais elle avait besoin de compagnie.

— N'ayez aucun scrupule, ma chère enfant. Quand je cuis des *tortillas*, j'en prépare une grande quantité afin de pouvoir en profiter le lendemain à mon déjeuner... Vous me priverez simplement de mon casse-croûte de onze heures, dont je devrais me passer de toute façon. Non, non, je n'ai pas besoin de votre aide. Je refuse d'être dorloté. Le médecin m'a conseillé de mener une vie normale, sans toutefois me livrer à des excès.

Le dessert fut suivi d'une tasse de thé de Chine, car Rufus avait horreur du café ; grâce à leur conversation amicale, Bianca réussit à oublier momentanément ses tourments.

Cependant, de retour dans la cabine de *La Libertad*, elle se sentit de nouveau désemparée. Elle s'efforça d'écouter une émission à la radio, mais ne put supporter les bavardages irritants des commentateurs.

Même en temps normal, elle aurait eu du mal à s'endormir ; elle n'était guère habituée à ce nouvel environnement, les bruits insolites la gênaient... A minuit, un bateau quitta le port, et la coque de *La Libertad* fut bercée par les remous... A cette heure-ci, les fêtes battaient leur plein. Rufus et Bianca devaient être les seuls à s'être retirés si tôt.

Elle ne connut le silence que vers deux heures du matin, et encore... comme les vieilles maisons, le voilier grinçait de toutes parts. En proie à une extrême agitation, elle se leva pour se servir un verre d'eau fraîche. Et brusquement, une question lui vint à l'esprit... Pourquoi Joe avait-il besoin d'un passeport pour voyager à l'intérieur de l'Espagne ?

Il n'était pas nécessaire d'en porter un sur soi, à moins de vouloir descendre dans un hôtel, où on gardait les papiers en guise de caution. Si Joe était allé rejoindre Mme Russell, il logerait chez elle, non ? Peut-être avait-il quitté l'Espagne dans un but complètement différent de celui qui hantait Bianca ?

Pourquoi refusait-il de se marier ? Avait-il déjà été marié ? Ce n'était pas impossible... Et s'il avait un enfant ? Un enfant dont il n'avait pas la garde, mais qu'il aimait, et pour qui il était prêt à tout, en cas de difficultés soudaines...

Pour la première fois depuis des heures, elle envisagea une raison plausible et pardonnable au brusque départ de Joe. Son verre glacé à la main, elle se remémora toutes leurs conversations au sujet du mariage. Avait-il un jour précisé qu'il n'avait jamais eu d'épouse ? Elle ne s'en souvenait pas.

Bien sûr, elle serait déçue de n'être pas la première, mais, au moins, il n'avait pas rejoint sa maîtresse... Bianca comprenait parfaitement que l'amour paternel puisse l'emporter sur tout le reste...

Peut-être était-ce la raison de ce silence sur son passé : évoquer la perte de ce petit garçon, ou de cette petite fille était sûrement trop douloureux pour lui...

Elle retourna se coucher, et posa sa tête sur l'oreiller où, la veille, Joe avait dormi.

— Oh, Joe, je vous aime, murmura-t-elle... Je vous aime tant !...

10

Bianca avait dormi à peine trois heures, pourtant elle trouva le courage de se lever très tôt. Son premier geste fut de saisir une serviette et d'aller se baigner dans la mer, de l'autre côté du mur délimitant l'entrée du port. L'eau était calme et transparente sous le soleil du petit matin, et cet exercice rendit sa vitalité à la jeune fille.

Ensuite, elle marcha jusqu'au centre du village pour s'acheter un pain frais, juste sorti du four. Elle en prit aussi un pour Rufus. Il était déjà debout à son arrivée, mais il ne fit aucun commentaire sur la pâleur et les yeux rougis de Bianca.

Fred, qui l'avait accompagnée une partie du chemin jusqu'à la boulangerie, avant de rejoindre ses compagnons pour jouer, ne semblait pas trop souffrir de la disparition de son maître.

Pendant que le café chauffait, Bianca lava les draps et sa taie d'oreiller encore humide de larmes, puis les étendit sur le pont supérieur. Midi... Elle avait encore des heures et des heures à attendre ! Comment s'occuper jusqu'au moment où Joe l'appellerait... s'il téléphonait, bien sûr. Mais non, il n'oublierait pas. Il devait se douter de l'angoisse qui la rongeait...

Vers onze heures, le linge étant déjà sec, elle refit le lit, ferma tout à clé, puis se rendit à pied chez *El Delfin,* où elle commanda une boisson fraîche sur la terrasse.

Derrière elle, les aiguilles de l'horloge tournaient avec une lenteur désespérante.

A midi moins une, la sonnerie stridente de l'appareil retentit. Bianca avait sursauté... Etait-ce lui ? Elle s'afforça de se calmer, au cas où l'appel serait destiné à une autre personne.

Le serveur derrière le bar décrocha.

— Allô ?

Il savait que Bianca attendait une communication, et, au bout de quelques instants, d'un signe de la main, il l'invita à le rejoindre.

— *Si... Un momento por favor !*

D'une main tremblante, la jeune fille prit le récepteur.

— Allô ? Ici Bianca.

— Je m'attendais plus ou moins à un message de votre part dans le genre : « allez au diable ! »

Excellente réplique... Joe aurait pu être à côté d'elle, tant la ligne était bonne.

— J'y ai songé...

— Je m'en doute ! Vous me croirez, j'espère, quand je vous dirai que je n'avais pas le choix hier soir. J'ai attrapé mon avion de justesse. Si j'avais été retardé de cinq petites minutes, je le ratais. Et je l'aurais regretté toute ma vie, s'il y avait eu des complications.

— Des... complications ?

— Mon grand-père a eu une crise cardiaque. Il n'est pas encore sauvé, mais la situation s'améliore. Quand Helen m'a annoncé cela, j'ai compris qu'il était grand temps de faire la paix avec lui. Vous n'imaginiez tout de même pas que je vous aurais abandonnée de cette manière, s'il n'y avait pas eu une raison majeure, n'est-ce pas ?

— Je... J'espérais que non, répondit-elle d'une voix rauque. Comment Mme Russell était-elle au courant, pour votre grand-père ? Il vit à Marbella ?

— Non, à Londres, où je suis moi-même en ce

moment. Helen a été prévenue, car elle est sa petite-fille et la seule de la famille, outre ma grand-mère, avec qui je suis en contact de façon régulière. Ma grand-mère n'avait pas le droit de me parler, Helen a donc servi d'intermédiaire entre nous. C'est très compliqué, je vous expliquerai tout cela quand je vous verrai. Je dois rester ici plusieurs jours. Quand pouvez-vous me rejoindre ? Aujourd'hui ? Demain ?

— Mais, Joe...

— Rufus s'occupera de Fred. Si c'est le prix du billet qui vous inquiète, oubliez cela. Je m'en charge.

— Vous avez déjà votre propre place de retour à payer ! Je n'y comprends rien ! Mme Russell n'est quand même pas votre sœur ?

— Non, ma cousine, la fille d'une de mes tantes.

— Pourquoi ne me l'avoir jamais dit ?

— Nous réglerons ce problème quand vous serez là. Je raccroche, à présent. Je retéléphonerai dans trente minutes, pour savoir où vous en êtes de vos démarches. Dépêchez-vous, mon amour !

Ses protestations furent vaines. Il n'était déjà plus là. Avait-elle bien entendu ? L'avait-il appelé « mon amour », ou bien était-ce une nouvelle facétie de sa folle imagination ?

Le lendemain, pendant tout le voyage jusqu'à Londres, Bianca fut dans un état de fébrilité indescriptible. Pourquoi Joe l'avait-il encouragée à le rejoindre là-bas le plus vite possible ? Pourquoi s'était-il autrefois fâché avec son grand-père ?

Elle avait été immensément soulagée d'apprendre qui était Mme Russell. Cependant, elle ne comprenait toujours pas pourquoi Joe avait tenu à lui dissimuler l'identité de cette femme.

N'ayant emporté qu'un sac de voyage, et n'ayant rien à déclarer, elle ne fut pas retenue longtemps à la douane. Joe l'attendait à la sortie, méconnaissable dans un costume de ville bien taillé, de couleur claire, qui mettait en valeur sa silhouette élancée. Il avait dû l'acheter hier, car il avait quitté l'Espagne sans bagages...

A sa surprise... et à son grand désarroi, il ne se précipita pas vers elle pour la serrer dans ses bras.

— Bonjour, Bianca, se contenta-t-il de dire en lui prenant sa petite valise des mains.

— Votre grand-père est-il sur la voie de la guérison ? s'enquit-elle, vaguement déçue par cet accueil cérémonieux et froid.

— Oui, pour le moment il se porte bien, cependant il a eu très peur, et il a décidé de se reposer. D'ici peu, il aura retrouvé toute son énergie ; je me demande si les infirmières parviendront alors à le garder au lit.

— Au téléphone, vous avez parlé de « faire la paix » avec lui. Pourquoi vous étiez-vous disputés ?

Il la contempla, un sourire aux lèvres.

— Je vous raconterai tout cela plus tard : l'histoire complète de ma vie mouvementée. Mais procédons par ordre. Avant tout, j'ai une question à vous poser.

Au lieu de poursuivre leur chemin vers la sortie, il se dirigea vers une série de bancs, pour l'instant inoccupés.

— Vous avez eu de la peine de me voir partir si vite ? murmura-t-il tandis qu'ils s'asseyaient.

— Oui, bien sûr. Pas vous ?

Un observateur distrait n'aurait remarqué aucun changement dans l'expression du visage de Joe. Bianca, elle, était suffisamment proche pour déceler une lueur brûlante dans ses yeux. S'il avait adopté une attitude amicale plutôt qu'amoureuse, la flamme de la passion le dévorait toujours...

— Moi, oui, j'étais désespéré, confia-t-il. Quelle malchance d'être appelé juste à ce moment-là ! Pourtant, plus tard, avec le recul... je me suis calmé, et j'ai envisagé tout cela sous un éclairage nouveau. Soyez honnête, Bianca : au fond de vous-même, vous avez dû être rassurée. Vous auriez sûrement préféré un voyage de noces plus conventionnel.

Bianca ne pouvait réfuter cet argument sans lui avouer l'intensité de son amour, aussi préféra-t-elle rester muette. Il poursuivit :

— Dans l'avion, je n'avais rien à faire, sinon réfléchir. J'ai compris que, pour la première fois de ma vie, le bonheur d'une autre personne m'importait plus que le mien. J'ai toujours adoré ma grand-mère, mais pas au point d'obéir à son mari. Pour vous, soudain, j'ai eu envie de devenir un citoyen comme les autres. Tout ce qui me paraissait autrefois futile et sans intérêt a pris une autre couleur. Je désire vous voir heureuse... En d'autres termes, je vous demande de m'épouser, Bianca. Je vous aime. J'ai envie de pouvoir dire en vous présentant à mes amis : « voici ma femme ». Voulez-vous de moi pour mari ?

Voilà ce qu'elle n'avait pas osé espérer depuis qu'il lui avait dit « mon amour » au téléphone, la veille !

— Oh, Joe... Pourquoi cette question inutile ? La réponse est oui... murmura-t-elle, tremblante.

Il la prit contre lui et l'embrassa avec ferveur. Ce serait merveilleux... Ils seraient amants et amis ; ils seraient deux individus distincts, mais formeraient un couple uni ; leurs passés se rejoignaient maintenant sur une voie droite, large, radieuse, celle de l'avenir.

Lorsqu'ils purent enfin se résoudre à se séparer Joe prit son sac de voyage, et serra la main de Bianca.

— Venez, ma chérie. Si nous devons nous marier, nous avons une foule de démarches à accomplir.

— D'ici combien de temps ?

— Demain, si possible. Sinon, le jour d'après. Pour commencer, nous allons déjeuner avec ma grand-mère. Cet après-midi, vous choisirez votre bague et votre robe de mariée.

— Je n'ai pas besoin d'une bague, Joe. Vous m'en offrirez une plus tard, lorsque vous serez plus riche.

Pour le moment, je me contenterai d'un anneau de mariage.

Il la dévisagea, l'ombre d'un sourire au coin de sa bouche.

— Pourquoi souriez-vous ainsi ?

Il hocha la tête : il ne voulait pas lui répondre.

— Dans quel quartier de Londres habite votre grand-mère ? s'enquit-elle tandis qu'ils sortaient du bâtiment principal de l'aérogare.

— Près du Zoo.

— Vous lui avez parlé de moi... de nous ?

— Je lui ai simplement dit votre nom. Bien sûr, elle est très impatiente de vous rencontrer.

Tout en parlant, il tendit sa valise à un homme d'âge moyen, vêtu d'un costume bleu marine et coiffé d'une casquette.

— Je vous présente Lamb, le chauffeur de mon grand-père. Lamb, voici Miss Dawson qui, je suis heureux de vous l'annoncer, va bientôt s'appeler Mme Crawford.

Le domestique sourit de toutes ses dents, et la salua cérémonieusement.

— Bonjour, Miss Dawson ; toutes mes félicitations, monsieur Jonathan. Permettez-moi de vous souhaiter beaucoup de bonheur à tous les deux.

— Merci, répliqua-t-elle avant de se tourner vers Joe... Votre prénom est vraiment Jonathan ?

— Jonathan Julius Alexander Birkdale Crawford, pour être précis ; mais tout le monde m'appelle Joe.

Elle avait été étonnée d'apprendre que son grand-père employait un chauffeur. Sa surprise augmenta encore en voyant la splendide Rolls devant laquelle ils se tenaient ! Jamais elle ne l'avait imaginé issu d'un milieu comme celui-là !

Elle s'installa sur le siège moelleux de l'automobile, tandis que Lamb rangeait sa valise dans le coffre.

— Mais alors... vous êtes riche ?

— Moins que mon grand-père, cependant mon père m'a légué un héritage considérable. Je n'y ai jamais touché, car je n'en éprouvais ni l'envie ni le besoin. J'avais des scrupules à dépenser cet argent tout en rejetant la famille. A présent, me voilà presque prêt à me conformer au schéma tracé par mon arrière-grand-père. Je me sens donc apte à consommer ma part de la fortune familiale.

Lamb avait pris sa place derrière le volant, néanmoins il ne pouvait entendre leur conversation, grâce à l'épaisse glace séparant le chauffeur des passagers.

— Je vous ai promis de vous expliquer l'histoire de ma vie. Je m'exécute enfin, brièvement, afin que vous soyez un peu au courant avant de rencontrer ma grand-mère... Mon arrière-grand-père était, comme mon grand-père, un personnage de caractère. D'une certaine manière, un tyran. Mon père, son unique fils, était en revanche un faible. Ma mère l'a épousé pour son argent, ils ont joué au chat et à la souris pendant des années ; jusqu'au jour, où, pour mes neuf ans, elle l'a délaissé : elle est partie avec un Américain. Papa est mort lorsque j'avais treize ans. Mon indifférence à l'égard de mes parents était sans doute due à leurs querelles incessantes, et j'en voulais terriblement à mon père d'avoir accepté d'entrer dans l'affaire familiale, au lieu de poursuivre son rêve : devenir médecin. Aussi, quand mon grand-père m'a annoncé ce qu'il envisageait pour moi, je me suis révolté. Ivre de rage, il m'a mis à la porte de sa maison, et il a interdit à ma grand-mère d'avoir le moindre contact avec moi.

— Lui a-t-elle désobéi ?

— Non. Elle est forte de nature, mais elle l'aime : la seule façon de vivre en paix avec lui était de lui donner satisfaction en toute circonstance. Elle a souffert de m'avoir rayé de sa vie, cependant, elle s'est toujours montrée d'une totale loyauté envers son mari. Elle ne m'a pas écrit, et ne m'a pas autorisé à lui donner de mes

nouvelles, car mon grand-père le lui avait expressément
défendu. Néanmoins, de temps à autre, nous échan-
gions des messages verbaux par l'intermédiaire d'Helen.

— Lorsque vous m'avez présentée à Mme Russell,
pourquoi ne m'avez-vous pas expliqué qu'elle était votre
cousine ?

— Parce qu'à cette époque, je redoutais encore
d'être associé à ce genre de femme, à ce milieu.
Autrefois, je me suis promis de ne me marier... si je me
mariais un jour... qu'avec une personne peu soucieuse
de ma position sociale. Je voulais une jeune fille qui
accepte de me suivre partout, qui aime l'aventure. Et je
l'ai trouvée, ajouta-t-il en portant la main de Bianca à
ses lèvres.

— A propos d'aventure, reprit-il je propose de
retourner en Espagne, où je terminerai la saison chez *El
Delfin.* Ensuite, nous viendrons nous installer à Londres ; j'apprendrai tout ce que je dois savoir pour
assurer la succession de mon grand-père... Ce ne sera
pas avant plusieurs années : il est encore solide. Il a eu
peur, mais il s'en remettra.

— Il me paraît très effrayant, murmura-t-elle. Il est
au courant, pour vous et moi ?

— Pas encore, je le lui dirai peut-être ce soir. Pour
l'instant, il a seulement droit à deux visites par jour :
celle de sa femme et la mienne. Vous aurez donc le
temps de vous préparer avant cette rencontre capitale.
Le lion ne rugira pas en vous voyant, ma chérie, je peux
vous le garantir. Rassurez-vous...

— Et quelle est cette entreprise dont vous aurez
éventuellement la responsabilité ?

— Nous sommes armateurs et possédons la qua-
trième compagnie privée de Grande-Bretagne. Nous
dirigeons aussi une ligne de marine marchande. Mon
grand-père appartient au conseil d'administration de ces
deux groupes, mais moi, je devrai commencer tout en
bas de l'échelle.

La grand-mère de Joe les attendait dans l'immense salon au premier étage de leur manoir, situé près de Regent Park. Elle prit la main de Bianca dans la sienne.

— Je suis si heureuse de vous rencontrer ! s'exclama-t-elle. J'ai entendu parler de vous il y a déjà plusieurs mois par ma petite-fille Helen qui, comme elle vous l'a dit, admire les œuvres de votre mère. Elle vous a trouvée charmante, et, si Joe vous aime, c'est donc que votre âme est en parfaite harmonie avec votre visage. A l'arrivée, de Joe, j'ai tout de suite deviné qu'il s'était passé quelque chose de très important dans sa vie, et je suis enchantée de le voir enfin comblé.

— Grand-mère, vous ne savez pas encore si Bianca a accepté ma proposition...

— Je l'ai compris immédiatement, en vous regardant tous deux descendre de l'automobile ! répliqua-t-elle en souriant. L'amour se lit dans vos yeux. Au bout de cinquante ans, je me rappelle encore l'éclat de mon regard, le jour où je me suis fiancée avec ton grand-père... C'est l'un des moments les plus beaux de la vie, ma chère enfant, poursuivit-elle en se tournant de nouveau vers Bianca. Brusquement, le quotidien se transforme en une fleur magnifique, épanouie et enivrante. A présent, quels sont vos projets ? Inutile de vous préciser combien Joe est impatient, trop impatient pour vouloir organiser une grande cérémonie. Je ne serais guère étonnée s'il avait déjà les papiers dans sa poche.

— C'est vrai ? s'enquit Bianca.

— Non, car après vous avoir quittée si brusquement, j'ai redouté un refus de votre part... Pour un temps, du moins, conclut-il avec malice.

Après le déjeuner, il l'emmena à Bond Street, où il lui offrit un magnifique solitaire.

— Maintenant, allez vite choisir une jolie robe de mariée ! ordonna-t-il en sortant de chez le bijoutier. Rendez-vous à seize heures trente au *Claridge.*

Un peu plus tôt, Bianca lui avait demandé de la conduire à Kensington, où elle aurait pris de l'argent à sa banque, mais il avait refusé. Au lieu de cela, il lui avait confié une liasse de billets tous neufs. Jamais de sa vie elle n'avait eu autant d'argent sur elle !

En le quittant, elle longea Bond Street, admirant à tout instant, son diamant étincelant au soleil. Elle connaissait un grand couturier dont elle avait toujours admiré les créations... beaucoup trop coûteuses pour son maigre budget... En rejoignant Joe à l'hôtel, elle croulait sous les paquets contenant des vêtements aux griffes prestigieuses.

— Ils vous plairont, j'espère, déclara-t-elle, tandis qu'il la délivrait de son fardeau. J'ai fait des folies... Cependant, j'ai pris une robe... enfin, non, ce n'est pas vraiment une robe, mais c'est une tenue qui me servira plus d'une fois.

— Soyez extravagante, ma chérie, je le veux. Tout ce que vous désirez est à vous.

Ensemble, ils se dirigèrent vers une table isolée dans la salle du restaurant. Joe l'enchanta en montrant une passion enfantine pour les sandwichs au saumon fumé et les millefeuilles. Pour lui faire plaisir, elle goûta à tous les plats, mais elle n'avait pas faim... Elle était dans un tel état d'exaltation ! Tout ceci était un rêve.

A leur retour à Regent Park, ils apprirent que Lady Crawford avait rendu visite à son mari, à la clinique. Elle lui avait annoncé la grande nouvelle... Le grand-père de Joe souhaitait les voir tous les deux immédiate-ment. Connaissant le tempérament de Lord Crawford, le médecin acceptait que Bianca accompagne Joe.

En dépit des paroles réconfortantes de Joe, Bianca redoutait cette confrontation avec ce vieil homme despotique qui, pendant tant d'années, avait rayé son petit-fils de sa vie.

En l'apercevant, elle eut du mal à se persuader que cet homme avait soixante-quinze ans et que, quelques

jours auparavant, il avait souffert d'une crise cardiaque !
Il était le portrait de Joe, en plus âgé, avec des cheveux
blancs et un regard d'un bleu glacial. Joe, lui, avait les
yeux doux et mordorés…

— Alors c'est vous, la jeune fille qui a réussi à
convaincre ce vaurien de revenir vers sa famille, et de
participer enfin de façon logique à notre monde ! s'écria-
t-il, avant même que Joe n'ait eu le temps de la
présenter.

— Ce n'est pas tout à fait exact, répliqua-t-elle d'un
ton neutre. J'espère ne jamais forcer Joe à vivre contre
son gré. S'il désire jouer les vauriens, je l'y encourage-
rai. S'il préfère devenir un personnage « respectable »,
« convenable », je l'y aiderai. Notre style de vie m'importe peu. Je veux simplement être avec lui.

Le vieil homme la dévisagea longuement.

— Cette fille est une petite sotte, elle est follement
éprise de toi ! grommela-t-il. Je comptais sur une femme
sensée.

— Elle est aussi sensée que grand-mère, qui ne s'est
jamais rebellée. Tu t'attendais à ce que j'épouse une
femme libérée, militante ?

— Certainement pas ! Jamais entendu autant de
bêtises ! Si tu m'avais ramené une de ces créatures,
j'aurais refusé de renouer avec toi, tu peux en être sûr.
Une femme peut être intelligente ; si elle souhaite être
ingénieur ou biologiste, je ne m'y oppose pas. En
revanche, j'exige la féminité. J'ai horreur de ces furies
qui considèrent d'emblée tous les hommes comme des
ennemis !

— Rassurez-vous, monsieur Crawford, tout cela est
démodé. En ce qui me concerne, je suis impatiente de
devenir Mme Jonathan Crawford.

Ils ne restèrent pas longtemps auprès du vieil homme.
Au moment de leur départ, celui-ci exprima son chagrin
de ne pouvoir être présent à la cérémonie du lendemain.

Il leur fit promettre de revenir le voir avant leur retour en Espagne.

De l'hôpital, ils se rendirent au théâtre, puis ils soupèrent au restaurant.

— Si nous allions souhaiter une bonne nuit à ma grand-mère ? proposa Joe. Elle se couche tôt, mais elle lit pendant des heures entières.

Lady Crawford posa aussitôt son roman quand ils pénétrèrent dans sa chambre.

— Vous avez passé une bonne soirée ? s'enquit-elle.

Tous deux s'assirent sur le bord de son lit, et entreprirent de lui raconter la pièce à laquelle ils avaient assisté. Ils bavardèrent ainsi jusqu'à minuit.

— Je vous conseille de vous coucher, à présent. La journée de demain sera fatigante, conclut la grand-mère de Joe.

Ils lui dirent bonsoir, puis Joe conduisit Bianca le long d'un large corridor et s'arrêta devant une porte.

— Dormez bien, mon amour, murmura-t-il en l'embrassant sur le front avant de disparaître. On vous apportera votre petit déjeuner au lit, demain matin.

Sur le plateau qu'on lui présenta, elle découvrit deux paquets. Celui de Lady Crawford, une paire de boucles d'oreilles en émeraude, contenait un petit mot : « La tradition veut que ces joyaux soient offerts à chaque nouvelle Mme Crawford, le jour de son mariage. Je ne peux vous exprimer tout mon bonheur de vous savoir ensemble. »

Dans la seconde boîte, Bianca trouva une ravissante broche en forme de papillon. Sur un carton, Joe avait dessiné un cœur avec leurs initiales entrelacées. Elle chérirait ce bout de papier autant que les bijoux.

Dix heures exactement après la cérémonie de la mairie, à laquelle ils s'étaient rendus en compagnie de Lady Crawford et d'Helen Russell, venue spécialement de Marbella pour l'occasion, Joe et Bianca étaient de retour en Espagne.

Leur premier geste fut d'aller chez *El Delfin* informer le patron que Joe recommencerait à jouer le lendemain soir. Puis ils rendirent visite à Rufus pour lui annoncer la nouvelle de leur mariage, et récupérer Fred.

La lune argentée éclairait le port lorsque *La Libertad* glissa lentement sur les eaux, en direction du sud. Une heure plus tard, elle était ancrée dans une baie déserte.

— Enfin seuls ! soupira Joe en prenant Bianca dans ses bras.

Elle ferma les yeux, savourant son bonheur tout neuf.

— Je suis si heureuse, Joe, murmura-t-elle.

Il resserra son étreinte et posa ses lèvres sur les siennes.

— La nuit est à nous, *vida mia...*

LES GÉMEAUX

(21 mai - 20 juin)

Pierre : Béryl.
Métal : Mercure.
Mot clé : Communication.

Qualités : Adore inviter, se sentir entourée. Don de l'observation, s'intéresse à tout.

Il lui dira : «Mon bonheur est auprès de vous.»

LES GÉMEAUX

(21 mai - 20 juin)

Chacun sait que la patience n'est pas la qualité dominante des Gémeaux !

La trop grande hâte de Bianca ne l'a-t-elle pas menée à accepter les conditions de Joe, alors que celles-ci vont à l'encontre de tout ce que prône la jeune fille ?

Si la vie est une danse pour les natifs de ce signe, leur sérieux et leur attachement aux valeurs traditionnelles leur permettent néanmoins de s'y retrouver.

Collection Harlequin

Recevez chez vous 6 nouveaux livres chaque mois—et les 4 premiers sont gratuits!

En vous abonnant à la Collection Harlequin, vous êtes assurée de ne manquer aucun nouveau titre! Les 4 premiers sont gratuits—et nous vous enverrons, chaque mois suivant, six nouveaux romans d'amour.

Mais vous ne vous engagez à rien: vous pouvez annuler votre abonnement à tout moment, quel que soit le nombre de volumes que vous aurez achetés. Et, même si vous n'en achetez pas un seul, vous pourrez conserver vos 4 livres gratuits!

Découpez et retournez à: Service des livres Harlequin
649 rue Ontario , Stratford, Ontario N5A 6W2

Certificat de cadeau gratuit

OUI, envoyez-moi le ROMAN GRATUIT "AUX JARDINS DE L'ALKABIR" de la Collection **HARLEQUIN SEDUCTION** sans obligation de ma part. Si après l'avoir lu, je ne désire pas en recevoir d'autres, il me suffira de vous en faire part. Néanmoins je garderai ce livre gratuit. Si ce livre me plaît, je n'aurai rien à faire et je recevrai chaque mois, deux nouveaux romans **HARLEQUIN SEDUCTION** au prix total de 6,50$ sans frais de port ni de manutention. Il est entendu que je peux annuler à n'importe quel moment en vous prévenant par lettre et que ce premier roman est à moi GRATUITEMENT et sans aucune obligation.

NOM _____
(EN MAJUSCULES. S.V.P.)

ADRESSE_____ APP. _____

VILLE _____ PROV. ___ CODE POSTAL ☐☐☐ ☐☐☐

SIGNATURE_____
(Si vous n'avez pas 18 ans, la signature
d'un parent ou gardien est nécessaire.)

Cette offre n'est pas valable pour les personnes déjà abonnées. Prix sujet à changement sans préavis. Nous nous réservons le droit de limiter les envois gratuits à 1 par foyer.
Offre valable jusqu'au 30 avril 1984.   394-BPD-6A A5